as
filhas
de
Caim

as filhas de Caim

Samantha Buglione

contos

TAPIOCA
Literária

Copyright © Samantha Buglione, 2025
Todos os direitos reservados.

PUBLISHER: José Carlos de Souza Júnior
OPERAÇÕES: Andréa Modanez
COORDENAÇÃO EDITORIAL: Nair Ferraz
CAPA E PROJETO GRÁFICO: Dimitry Uziel
ILUSTRAÇÃO: Philipe Sidartha Razeira
REVISÃO: Tatiana Costa

Dados Internacionais de Catalogação na Publicação (CIP)
(Câmara Brasileira do Livro, SP, Brasil)

Buglione, Samantha
  As filhas de Caim / Samantha Buglione. –
São Paulo : Tapioca, 2025.
144 p.

  ISBN: 978-65-6044-134-7

  1. Contos brasileiros I. Título

25-258794   CDD-B869.3

Índices para catálogo sistemático:
1. Contos : Literatura brasileira   B869.3

Eliete Marques da Silva - Bibliotecária - CRB-8/9380

Todos os direitos reservados à Pioneira Editorial Ltda.
Estrada do Capuava, 1325 – Jardim São Vicente, Cotia
CEP 06713-630
contatoeditorial@pioneiraeditorial.com.br

Caim [1]
(ca.im)
substantivo masculino

1. O que mata o irmão; fratricida.
2. [Figurado] Patife.
3. homem mau, perverso, cruel.

Origem
ETIM antr. Caim, filho de Adão e Eva, que assassinou seu irmão Abel.

Caim [2]
substantivo masculino

A voz ou o latido de dor dos cães; cainho, ganido.

"Toda a história sem a voz das mulheres é a ocupação de um corpo, uma intervenção da vontade."

(Monambela, *Últimos dias*, Poemas de 1935)

Sumário

PARTE UM – AS FILHAS	9
A filha	11
Carmela	15
Lea	23
Amélia	31
A viúva	41
Maria desenterrou a mãe	47
Anna	57
Clarice	63
Bela e Nice	69
Virgínia	77
Dona Juca	81
Jéssica	85
A facção, a avó e o remédio em pó	89
Yawanawa e o jardim das cobras	99
A filha de Guynusa	103
PARTE DOIS – AS INTERDITADAS: todo fim é um começo	115
Onete	117
Sara	121
Miriã	125
Raabe	129
Rute	133
A jovem sulamita	137
A mulher de Ló	139

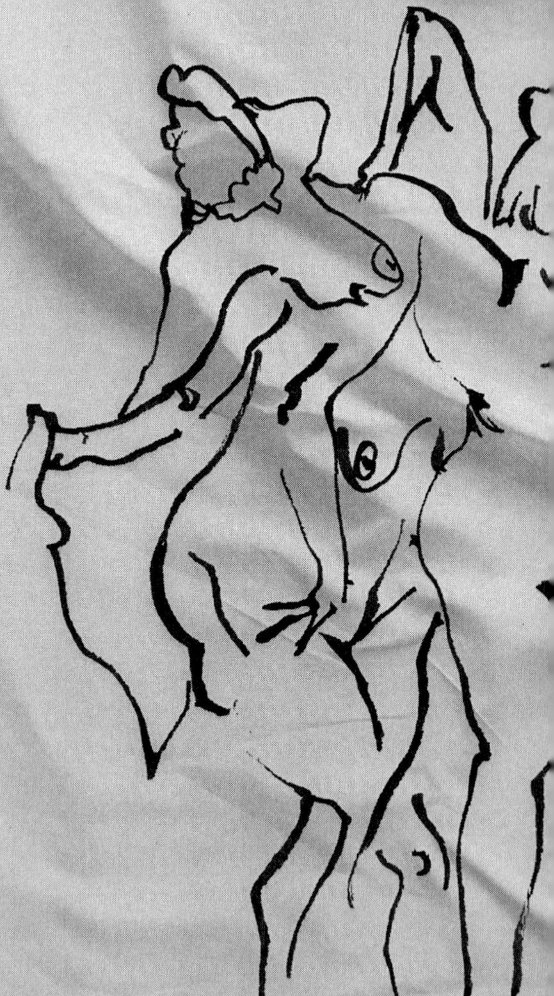

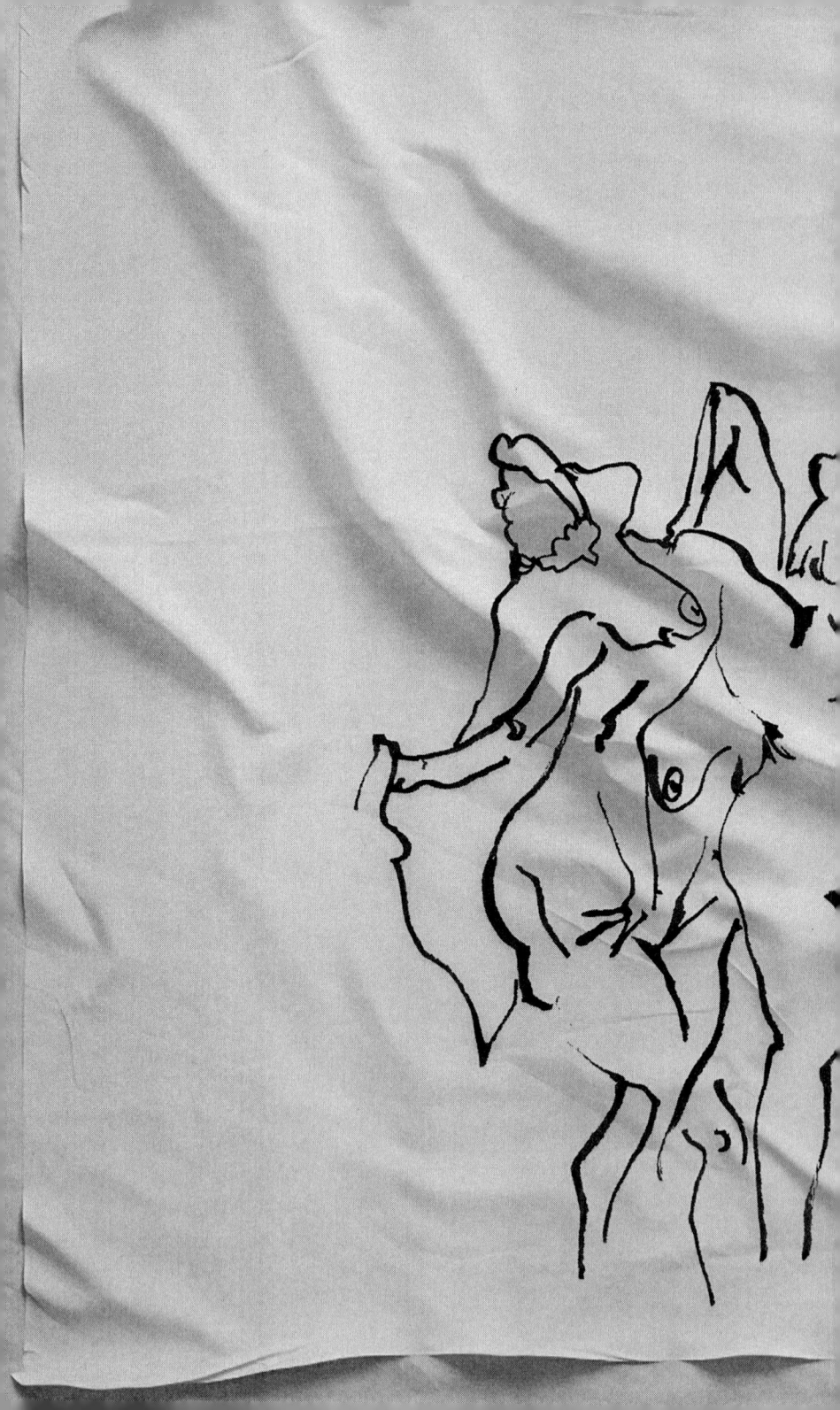

Parte um
As filhas

A filha

Viver é suportar ausências. E é só isso: ausências e faltas. Não há razão, tudo é um invento – nascer, crescer, existir. Para nascermos somos o invento de alguém, depois a solidão de sermos o próprio. E a vida não passa de um breve arrepio, além de ser uma bosta. Uma grande bosta. Eu gosto da palavra bosta, não gosto é da vida bosta, a do pulso que vira pulsação e problema no coração, aí medica. Medica tudo o que sai da média e da estatística, o medo da dessemelhança, medica. E nos excessos: interna, sala dos interditados, psiquiatria.

Estamos nós em rota de colisão com sonhos e necessidades alheias graças às migalhas de esperança e alegria, e tentativas lúcidas de alguma escolha geralmente reservada ao que comer pela manhã, em alguns casos, temperadas com sonhos românticos de cabelos ao vento em campos de trigo como símbolo de liberdade; qualquer prazer é um achado (e um susto). Estamos no limbo. Numa loja de achados e perdidos cheia de restos de nós mesmos. Onde nossos sonhos ocupam prateleiras empoeiradas e nossas tentativas servem de peso para segurar as portas contra os imprevistos. Sim, nos esforçamos e tentamos muito. Merece a morte quem afirma não tentarmos o suficiente ou que nos carece a vontade. Ignorantes com seus juízos construídos no alto dos seus sofás de couro herdados de uma *black friday* original de negros açoitados. Porque a vida, a vida mesmo, é uma média de desgraças, e no meio disso algumas miragens de uma ou outra história emplumada de eventos incríveis. A vida mesmo é calça suja de sangue. Sangue de guerra, sangue de menstruação, sangue de parto, sangue de bala perdida bem nas ventas de um negro com uniforme de escola primária.

É sangue.

A vida é sangue derramado por força e fraqueza do destino. Não nos falta vontade, *mon cheri*, e eis aqui o Pix da taxa colonial, *bon appétit*. Enfia no cu sua meritocracia. Somos sobreviventes. Os heróis sem condecoração da história. Atravessamos mares, fugimos para o mato, cortamos correntes, morremos por amor, morremos de medo, morremos de destino, morremos de fé e desejo e morremos da falta de amor. Somos os sonhos teimosos e os sonhos alheios e sangramos.

Aí, me aparece um anjo fazendo promessas. Eles que padeçam no colo de deus ao som das trombetas do paraíso. Se merecem. Não quero nem anjos nem demônios. Quero distância. Me deixem em paz. Chega da senzala e da casa-grande, do senhor e do escravo. Só quero ser livre. Livre das garras dos santos, livre do *script*, livre da bondade dos outros. Me deixem em paz. Me livrem dessa linhagem não escolhida e desta história não escrita por mim. Que caso eu tenha inventado, não me é lembrado.

Sim, sou filha de Caim e esse grito de dor já foi pago.

Que tipo de deus permite dores à revelia da consciência do sofredor? E que demônio promete salvaguarda e remédio para doença autoimune? Cadê o perdão?

Eu me perdoo. Perdoo todos os meus erros, maldizeres, pragas proferidas, erros cometidos, mortes encaminhadas. Perdoo meus ódios, meus pecados, meus abortos e meus nascimentos. Perdoo não querer nascer, me perdoo por viver e por morrer. Me perdoo por desistir e por insistir. Eu me perdoo por sofrer. Agora, feito isso, me declaro livre das amarras. Morram, deuses e demônios. Voltem para seus lugares e deixem vossas crias em paz. Se é amor que proclamam, que nos amem ao ponto de nos deixar ir e controlem vosso fel, nessa balança de fiel arrebentado de vaidades.

O demônio me procura todas as noites. Oferece a solução para a falta que deus criou, o remédio para a doença, a coberta para o frio. Deus e demônios são os abusadores que nos consolam. O demônio já pactuou com Deus, barganhando nossa alma. Eu sei, Fausto me contou. Não os quero, quero ser dona de mim, livre, dona doida. Porque não sou santa, meu destino é ser livre e partida. A minha alma ninguém leva. Sou filha do grito de dor. O demônio me olha e Deus está à espreita.

"Pobre criatura cheia do criador", falavam entre si. "Pobre criadora das criaturas que falam entre si."

O homem de branco a segura nos braços. O anjo da noite se aproxima. Mais uma dose, desmaia. Desligam o disjuntor. *Black Friday, blackout, shooting down*. Fim da falta, fim da angústia.

"Casa de recuperação", dizia a placa. *Recuperare*, "ato de receber de volta", formado por RE, "de novo", e CAPERE, "tomar, pegar, agarrar".

Os anjos e demônios não gostam de pessoas livres. Ela é louca.

Carmela

"Homicídio", sentenciaram. "Do tipo grave. Com intenção de matar."

E matar mesmo. Nada de morte por descuido. Foi morte de querer, de fim. Tipo quem atira em todo mundo em sala de cinema em dia de filme de terror, maior mau gosto, ou em escola de criança pequena. Ou quem perde a mulher para outro e garante a posse eterna em lápide de cemitério e na tatuagem feita na prisão com caneta Bic, "amor forever". "Se não for minha, não será de ninguém mais", dizia o viúvo com orgulho. "Agora tamo junto pra sempre", finalizava. Posse mesmo, mesmo se precária e sem fruição.

Vontades e determinação não faltavam a Carmela, mas de morte, de matar por gosto, ah, isso foi um dito do juiz e dos jurados. Dela mesma só se ouvia repetir o ofício: "Sou parteira, faço nascer".

Sessenta e quatro anos tinha quando condenada pela morte de ser humano não parido. "Vocês da religião esquecem os próprios santos. O tal Agostinho e o tal São Tomás, o Aquino, diziam só ter alma quem tem corpo, antes disso, é mistério", dizia ela. Carmela matou mistério. Mas não há algo mais poderoso que mistério? Fofoca é mistério, mulher grávida sem omi é mistério, carro novo de gente pobre é mistério, cara bonita de manhã cedo é mistério, tudo com ideia de razão, mas ainda assim, terra fértil de mistério.

Condenaram Carmela e o projeto de mãe, uma moça buchuda de uns vinte e poucos, por vontade de matar. Carmela puxou pena maior. Diziam ter induzido a moça ingênua. "Velha bruxa!", gritou uma beata abarrotada de certezas em plena audiência, que, naqueles dias, lembrava culto de sábado, de gente do bem.

Calma, mas de olhar furioso, repetia devagar, "Não matei gente alguma, o que fiz, e fiz bem feito, foi ajudar a descer as regras da moça, tava tudo atrasada, às vezes, a natureza se engana, aí ela cede à vontade da menina, eu ajudo as duas".

"Assassina de criancinha", berrava um homem barbudo de barriga de nove meses se mulher fosse.

Carmela respirava fundo e ao juiz respondia: "Quem

ainda é misturado nas entranhas, seja da mulher ou da terra, não é coisa própria não, dotô".

"Vossa excelência, por favor, esta *Rea scelerata* está debochando desta corte, está a chamar um anjinho de mistura", disse o promotor, que mal barba na cara tinha.

"Ah, dotô, como faz pra matar o que não existe?", perguntou Carmela se adiantando ao advogado, que parecia uma planta enfeitando a mesa, tamanho o silêncio, "É que nem matar fantasma ou ideia. Pra ser gente, tem que ter pulmão pra chorar, corpo todo pra respirar, cagar e pedir o peito. Sem vontade, não é gente não, é mistério", falava cansada, desconfiando estar no meio de um picadeiro com enredo de espetáculo pronto. "Antes disso, deve é valer a voz da mulher e as regras que não desceu. Tem de ter vontade de nascer e a vontade autorizada. E quem autoriza é o feminino, que tá na mulher, na natureza e na morte."

A cidade se espremia para ocupar os lugares no fórum que fazia anos sem ver tanto rebuliço, veio até televisão da capital e tinha ambulante vendendo souvenir com fetinho e crucifixo. Teve vigília também, com fila de beata em cadeira de praia espichada na calçada. Um veraneio.

O júri de não togados estava mais preocupado em como aparecer distinto na TV do que com as culpas. Cidade pequena, sem cinema, sem teatro, o palco ficava nas quatro igrejas, uma das antigas e três neopentecostais, a praça cada vez mais esvaziada fazia as pessoas se encontrarem nas farmácias. "Matou inocente sem chance de defesa, pecado", era o cochicho da maioria do júri pelos corredores. Para Carmela, inocente era só a pobre da mulher embuchuda, dona da vontade negada. "Era só as regras que desceu, nem unha, nem cabelo tinha, não era gente não", insistia, falando cada vez mais baixinho. A velha parteira cansava-se de repetir o que para ela dispensava explicação. "Vão carpir", pensava, num misto de profunda tristeza e raiva e impotência. "Tempo mal usado, pessoal sem serventia."

Carmela tinha história longa. Cruzou muita terra carregando irmão pequeno de mãe morta, fugiu de senhor que queria lhe deitar à força, procurou trabalho com lugar para dormir porque lhe faltava teto. "Só fiz ajudar menina desterrada." De tanto ver mulher sozinha mandada embora de casa com trouxa de trapo, assombrada que nem bicho surrado, com barriga endurecendo por causa de senhorzinho que desflorou contra a vontade, de ver menina morrendo em poça de sangue com pedaço de mamona no meio das pernas tentando voltar a menstruar, decidiu, quando lhe pedissem, ofertar a arte de parteira. Mas só falava com mulher. Quando homem aparecia, reclamando ajuda para descer menstruação de conhecida, mandava embora. Aprendeu que mulher tem que primeiro conseguir falar, sem voz ninguém é dono da própria vontade.

De dona Santinha, sua mãe, aprendeu o ofício de parir. Ajudava a mãe a cuidar das mulheres. "Pra criança vingar, a vontade da mulher tem que vingar antes, como a de ser mãe", dizia. E fazia pão e geleia e trançava os cabelos e tricotava meia para os pés de todos os nascidos, da mãe que nascia e do filho, mesmo no calor escaldante do sertão, "Sem pé quente a criança não aterra". É preciso trazer pro chão. Por fim, ouvia a barriga, sentia o pulso, sentava na mesa como se nada mais quisesses, mas era só para ficar olhando enviesado o movimento da mulher, só depois de ter certeza de estar tudo bem lavava a louça, varria a casa e deixava a roupa no varal e ia embora tranquila. Foi ela quem ensinou os tempos, os movimentos com as mãos, as ervas, os temperos e ensinou sobre o calor. Ela sabia o que tomar antes e depois do desejo e do parto. Nunca morreu mulher ou criança nas mãos dela.

Já dona Santinha morreu quando Carmela tinha catorze anos. Com a ajuda da filha, nasceu o último filho; recém-parida, tava no mato buscando erva de algodoeiro para aumentar o leite. Ia fazer tintura. Verão, pisou numa coral. Morte foi rápida, mas sofreu. O pai da criança apareceu para o enterro. Depois foi embora, sem o filho.

Foram cinquenta anos cuidando de mulheres em lugares que não chegava nem notícia da cidade, nem médico, nem juiz, mal escola tinha, e as poucas que restaram tavam fechando, dando lugar para igrejas ou gado ou garimpo. Era naqueles descampados que Carmela ajudava as moças a viver.

"Eu não matei gente alguma, nem hoje, nem nunca", declarava Carmela. Se confessasse, se pedisse perdão, se mostrasse arrependimento ou dissesse ter agido por falta de estudo ou na graça da necessidade, talvez se apiedassem dela, diminuíssem a condenação. Mas Carmela não tinha vergonha ou arrependimento do ofício nem da história de suas mãos, "O credo de vocês não é o meu".

A pena de Carmela foi de reclusão por matar aquilo que estaria por vir, logo ela que cuidava de quem já tinha vindo e aqui estava. Sua vida como parteira serviu aos julgadores para cimentar culpa e ideia de maldade. O júri popular, formado de pessoas distintas, teve apenas um voto a inocentando. Nos corredores, o público dizia ser o voto da menina mais nova, uma de cabelo rosa. Fizeram até um bolão.

Uma vez, no cárcere, Carmela recebeu uma visita de uma das pessoas do júri. Era Helena, uma senhora de uns quarenta anos, esposa de político importante, presidente da comissão pró-vida na assembleia, mulher distinta e religiosa. Helena levou cigarro e frutas para Carmela, cigarro é moeda de troca em presídio, Carmela não era dos vícios nem dos credos, "É o curso da natureza, Helena, e a natureza também é mulher", falou a velha senhora, parindo a culpa da mulher distinta.

Lea

> *Arrisca-se a morrer de fome*
> *aquele que, para viver,*
> *espera a morte de alguém.*
> Geronte, em O médico à força, de Molière

Chiot, o pequeno Maltês de Lea, está doente, não dorme, resmunga e passa a madrugada entre o quarto e a sala, enrugando e desalinhando o tapete cinza do corredor. Ela percebe. E a tosse seca e o desconforto para respirar a espreitam. São três da manhã, Lea está em pé, embalando ininterruptamente a criança que chorou por ela. Todos os dias, elas acordam por volta deste horário. A criança mama e Lea acorda.

Enquanto embala a criança, com a força e a exaustão conhecidas apenas por algumas mães e pais, seu desejo está na última versão para o português de *O médico à força*, de Molière, que a espera na cômoda da sala. O desejo de Lea está sempre em outro lugar, junto com seu prazer. Somente depois de a criança adormecer é que ela autoriza-se. Lea empenha-se. Esgueira-se na cama com agilidade ímpar e coloca o pequeno corpo no berço sem ele notar o desaparecimento do colo, do calor e do cheiro da mãe. A coberta e o entorno reproduzem formas humanas vazias. Poderia funcionar perfeitamente, mas não funciona. Lea ignora que o sono certeiro de um filho só existe quando da presença inteira da mãe, algo desconhecido para ela. Este ritual precede um prazer. Após sair silenciosamente com Chiot do quarto da criança, Lea se põe a traduzir textos perdidos e a analisar, para si, traduções feitas por famosos desconhecidos. Abandona-se ao risco do sono pela manhã e à crescente exaustão para poder despertar no único colo conhecido: as letras de um francês do passado.

A solidão não a incomoda, suas crises de asma não lhe visitam na solidão, surgem nos encontros de família ou nos jantares de negócios. Desde sempre, traduz quieta, precisa, detalhista e impecável. Ela mesma se autodefine como uma restauradora de arte, da língua desdita e redita. Foi o marido que lhe deu a cômoda de canela talhada com ares barrocos, onde ela guarda os quase quarenta cadernos perfeitamente organizados. Cada um contém uma versão sua de algum texto vertido para o português de um francês, às vezes, indecifrável. Tudo escrito à mão e nunca lido por ninguém além dela. Chiot, o único ouvinte, é a testemunha dos raros e súbitos gestos mais entusiasmados de Lea.

Depois de encerrar suas leituras e um pouco antes de todos acordarem, Lea toma um demorado banho. Com temperatura acima do convencional para qualquer mortal, ela derrama essência de *vanilla* na banheira, sua preferida. O cheiro doce e enjoativo em excesso tranca Lea ainda mais em si mesma. Olha o corpo magro através do espelho, enquanto a água quente escorre pela torneira e o vapor ainda não a faz desaparecer no reflexo. Revisita as marcas dos partos, as cicatrizes nos pulsos, percebe os detalhes possíveis. Sozinha e segura, e sem qualquer chance de um olhar, inclusive o seu, Lea autoriza-se a outro tipo de prazer. Ao fim, veste-se elegantemente para quem fica em casa na maior parte dos seus dias e seca os cabelos garantindo a impecabilidade de praxe. O cheiro de *vanilla* impregna a casa como um despertador.

Mais tarde, o café será servido como um pequeno almoço, porque assim são os sábados. A babá chegará e o leite para a criança já estará na geladeira e a lista de praxe com as tarefas sobre a mesa. No gesto máximo de afeto possível, Lea passará a mão no cabelo do filho mais velho enquanto ele pega uma fruta e volta para o quarto.

Todos os dias Lea prepara o café sozinha. Não tem empregada, apenas uma diarista três vezes por semana, sendo um dia exclusivo para passar as camisas do marido, e uma babá eventual. A diarista de meio turno chega perto da hora do almoço já preparado por Lea. O marido raramente almoça em casa e o mais velho come na escola. Na mesa do almoço, às vezes, há apenas dois pratos, o de Lea e o da diarista. Após o almoço e depois de amamentar, Lea tranca-se no quarto com Chiot. Quando está mais cansada, faz um café passado com ovos poché, abacate e pimenta do reino. E não importa a época do ano, se tiver café passado terá ovos e abacate sempre fatiado em perfeita medida. Nos dias de pressa, Lea faz um italiano na cafeteira de ferro com torradas e dois tipos de geleia, sempre e apenas os mesmos dois tipos. Nos raros dias em que ela não acorda na madrugada e perde-se num sono desconhecido, corta frutas, três tipos, e mistura com iogurte de cabra e torradas com mel. O café virá de uma *french press*, único utensílio trazido do seu tempo em Paris. Tudo sempre feito num requinte incompreensível.

Lea sai com Chiot para levá-lo ao veterinário, alterando a contragosto a rotina. O pequeno Maltês sofre de doença típica da raça, o que provoca a ela muita dor. O sofrimento do animal a incomoda porque nenhuma ação sua surte o efeito desejado. Naquela condição, Chiot faz Lea lembrar-se do filho maior e o asco lhe visita. O menino padece de doença estranha e ela também não consegue aplacar os sintomas. Ele tem a saúde avariada. As feridas na pele desfiguram o rosto, a boca e, às vezes, as mãos. A aparência causa repulsa, afasta as pessoas. Ninguém lhe toca, nem a mãe. Vive isolado contra a sua vontade. Todos os médicos prescrevem a mesma coisa: sol. Mas eles moram no centro de uma cidade muito urbanizada, sem áreas verdes.

Impossível sair dali. O pai, funcionário de alto escalão de uma empresa gigantesca, não poderia morar em outro lugar, sob o risco de passar a vida em minhocões engarrafados. Restam os tratamentos químicos, igualmente reconhecidos. Diante de Chiot e da nojenta doença do filho, as ações de Lea parecem estéreis. O menino não melhora e a dor do pequeno Chiot não passa. Sua asma piora.

No veterinário, Chiot é medicado. Lea retorna para a casa com o cachorro, o acomoda na almofada e espera.

O marido dispensou a babá e saiu com os filhos. A presença de Lea não faz diferença, nem suas tentativas. Chiot não se interessa por nada além das suas próprias dores latejantes. Angustiada, Lea perambula pela casa e respira com dificuldade. Olha para Chiot, pensa no filho, sente os seios duros e doendo porque já é hora de amamentar e sente-se como no seu primeiro surto de asma, totalmente perdida. Sua respiração piora.

O primeiro surto foi na casa da avó, onde gostava de observar as galinhas. Nunca foi ao galinheiro na companhia da avó, tampouco a pedido, nem preparado o almoço com ela. Mas naquele dia a avó disse para Lea escolher uma galinha, escolheu sua preferida, não se lembra dos detalhes do que pensou com o pedido, escolheu uma branca com manchas marrons. No almoço, conheceu a asma. Os cheiros impregnaram suas narinas por dias. Não conseguia respirar. Sentia o odor adocicado de sangue e o fedor da água fervendo em contato com o animal morto, as penas grudadas nas mãos, a textura da pele da sua galinha sendo rasgada pela faca. Ouvia de novo o estalar do pescoço, os espasmos do animal e, enfim, silêncio. Diante de Chiot, via-se como se estivesse novamente sentada à mesa de madeira com o prato preparado pela avó a sua frente.

⸻

A lembrança aumenta o seu desconforto. Lea observa Chiot. O animal não para de grunhir, mexe-se e arrasta-se. Ela troca a ração, troca a água, aumenta a dose do remédio por conta própria, mas Chiot não lhe atende. Quando o pega no colo, na esperança de acalentá-lo, o animal se contorce e rosna. A respiração de Lea acelera e o mal-estar no peito aumenta. Deixa Chiot na almofada, ao lado da cômoda de canela, e tranca-se no quarto a fim de não ouvir suas queixas, mas elas ecoam pela casa e parecem vir de dentro da sua cabeça. Deita-se embaixo das cobertas, mas os gritos são insuportáveis. Um fedor invade a casa e o adocicado não é da *vanilla*.

Tenta acalmar-se, mas os sons, os cheiros e os zunidos são insuportáveis. Os peitos doem, mancham a roupa. Respirando muito mal, sai do quarto, sente-se asfixiada. Lea chora, busca por Chiot. O animal dorme silencioso na almofada.

Com o travesseiro da criança nas mãos, sem qualquer hesitação, Lea o coloca sobre o animal e deita seu corpo sobre o travesseiro. O animal geme, se mexe, o travesseiro fica quente. Lea não se move, mas treme as mãos e o suor escorre pela testa. Ali ela fica. Quase meio-dia, os gritos da sua cabeça cessam junto com os movimentos e espasmos de Chiot. Lea experimenta um alívio esquecido e respira.

Barulho de chave na porta. O marido e as crianças retornam. Cabelos desalinhados, Lea olha para todos e sorri, o travesseiro da criança nas mãos. Da cozinha, o cheiro de café passado. Os abacates estão fatiados.

Amélia

Naquela tarde, quando fui comprar "Neosvaldina", a realidade desnuda e crua da crueza da crueldade de uma suspeita ignorada, mas agora ali, arregaçada, me arregaçando sem rodeios ou K-Y, veio da balança. O símbolo da justiça, o fio do equilíbrio. Se olhos tivesse aquela maquineta de precisão digital, me olharia com ares de "eu te avisei" ao mostrar fria e sem emoções a imagem do crime, no caso, o peso do casamento, exatamente vinte e cinco quilos.

Era um quilo para cada ano de casada. O vestido de noiva, feito por mim, guarda a lembrança de alguém que não existe mais. Minhas coxas viraram minha cintura. E minha cintura tornou-se a distância entre os meus ombros. E o osso da bacia? Meu deus, eu não o vejo faz alguns anos, creio que a última vez foi num verão pouco antes de aposentar o sunquíni, o duas peças possíveis, que escondia as estrias do último parto. Meu osso da bacia havia de estar ali, perdido em algum lugar protegido atrás de camadas e camadas de sonhos não realizados e excessos de expectativas. O "felizes para sempre" tinha que vir com um anexo de efeitos colaterais.

Talvez eu tenha virado, textualmente, o círculo familiar. O casamento me pesou. Às vezes, tenho a sensação de que engordei só para ter alguma presença no mundo. Porque eu mesma desapareci. Culpa de Adão.

Adão era um assombro. Nunca brigava, nunca reclamava, pouco bebia, se alguém lhe pedia algo, fazia sem hesitação, mantinha a casa, cozinhava e cuidava da roupa. Mas o mais assustador de tudo: gostava de mim. Haveria de ter algo escondido, uma costela de pecado, o osso da bacia de alguma mulher bonita e nova, uma ou duas amantes ou família inteira bem guardada em endereço de avenida respeitável, ou algum trabalho ilegal ou dupla identidade, ou um fetiche daqueles de puxar cadeia, qualquer coisa capaz de decifrar aquela anormalidade.

Como explicar o andar sem pressa, mas não arrastado, o jeito calmo, mas não dormente? Os elogios incansáveis? Como crer que não era um mentiroso doentio, um sádico, um maluco, um psicopata?

Adão dizia e repetia sobre sua sorte, para desespero meu. Falava com gosto do tesão pela mesma mulher vinte e cinco anos depois de casado. E dizia, com orgulho, estufando o peito, que isso só se passava com ele. Seus amigos ou usavam Viagra, ou pagavam puta ou fantasiavam com alguma garotinha. "Eu não, só gosto de você. Você é meu Viagra", dizia rindo e passando a mão na minha bunda.

E eu? Abduzida pela força gravitacional de vinte e cinco quilos, com um corpo metamorfoseado em algo sem minha autorização, o reflexo no espelho do monstro chamado menopausa. Eu, amada sem virtude alguma, sem nem ao menos saber quem sou. "Que gorda que nada, minha gostosa." Às vezes, o amor do outro é um fardo. Porque, em dias assim, eu queria apenas um cúmplice, alguém que pegasse na minha mão e, balançando a cabeça sem falar um pio, ouvisse minhas queixas ou acolhesse a minha verdade: "Sim, você tá gorda mesmo, pode chorar, a vida é uma merda". Ser amada por Adão me obrigava a estar à altura daquele homem perfeitinho. Eu não podia nem ser gorda e ficar velha em paz que o meu marido queria me comer quando eu queria só uma travessa de bolinhos de chuva com açúcar e canela num quarto com pouca luz e TV ligada.

No meio desse desconforto, dos calorões, dos suores, das noites maldormidas, da conta conjunta, tá o Adão ali, de pau duro, confessando amor. Faço o que com ele? Gay, talvez Adão fosse gay e todos esses anos me usou como fachada? Não, definitivamente, não.

Tudo foi pesando. Não do dia para a noite, mas, à medida que a balança da relação se desnivelava a meu favor. Adão ofertava demais. Ganhava mais, cozinhava melhor, cuidava da roupa, ouvia mais os filhos, estudava mais, fazia yoga. Ele fazia yoga toda manhã, era a versão vintage mais barrigudinha do Rodrigo Hilbert, mas eu nada tinha de Fernanda Lima. Ele me arrancava toda a chance para uma queixa santa, para uma redenção sofredora. Nem da minha sogra eu poderia reclamar porque a falecida me tratava melhor que filha e, quando morreu, ainda me deixou uma quantia para comprar um agrado só para mim. Seria Adão um masoquista? Gostaria ele de sofrer? Minha utilidade e virtude eram dispensáveis, não fundamentavam nem nosso amor, nem nossa relação, nem nossa conta no banco. Eu precisava de uma explicação. Achar em mim a razão para tanta devoção, porque, se não encontrasse nada, o hospício seria o único destino capaz de suportar aquele homem. Precisava encontrar em mim alguma justificativa para Adão continuar comigo.

O pior são as vizinhas. Como dar conta dos infinitos e repetidos rosários desfiados em queixas e cansaço? Eu não estava cansada, não era traída, infelizmente, e não estava sobrecarregada. Meus filhos vivem bem suas vidas e nos visitam e não dão trabalho além do razoável para suas idades e nem eu escuto mais "mãe" como um eco eterno e ininterrupto. Eu era livre para fazer e não fazer, principalmente para não fazer. Às vezes, eu reclamava do calor e do meu peso, da menopausa, e mentia algo sobre Adão, só para não ficar tão deslocada nas rodas de comadre. Falava do arroz queimado de novo e de novo, ouvia dicas, receitas e conselhos para comprar uma panela elétrica. Fora isso, restaria falar mal dos outros, até porque comentar a vida alheia é receita certeira para aproximar as pessoas. Mas eu não faço gosto. Me agrada a cozinha cheia, a cerveja com colarinho largo de copo recém-tirado do congelador. Me agrada experimentar a comida do Adão, andar de mãos dadas sem falar nada com um silêncio capaz de não incomodar. Me agrada saber da alegria dos filhos e que eu até devo ter sido boa mãe e ver as pessoas fazendo coisas novas. Mas a falação dos outros para minimizar a própria desgraça ou a vida infeliz me cansa. Sempre tem uma vizinha requintada e de fala mansa criticando alguém. Ai, até os convites para um café com bolo me incomodam. Pus a culpa no glúten e no meu peso. Ninguém questiona alguém com alergia ou que precisa emagrecer. Às vezes, acho que engordei para me salvar das pessoas, menos do Adão, com ele nem isso adiantou.

 Um dia a vizinha da quadra de baixo deixou escapar que o Adão será um belo viúvo. Falou que ele tava bem para a idade e que gordura diminui a expectativa de vida. Senti na hora as entrelinhas, a mensagem nada sublinhada, sublimada, subliminar, sei lá como diz. Só sei do misto de culpa e miséria me invadindo. Será que Adão estava só a esperar minha morte para ser feliz? Teria ele feito alguma seguro milionário? Não dormi naquela noite. Acordei ainda mais cedo, passei um café bem forte, mas tomei sem açúcar. Sei lá, quis assim. Fiquei ali à mesa, esperando ele acordar e sentar para comer o pão com margarina, queijo e presunto e tomar o café da térmica, como fazia todos os dias em vinte e cinco anos. Incrível como ele consegue, por gosto, fazer a mesma coisa repetidamente. Seria eu a sua rotina, sua droga lícita e abençoada pelo padre?

 – Adão, sabe a Lourdinha, a do pão doce? O que a gente gosta de tomar com o café da tarde, o recheado com creme ou doce de leite, o feito em casa, o da crostinha de açúcar, sabe? Isso, a do pão doce com açúcar de confeiteiro, então, ela me mandou usar uma henna vermelha, disse que combinava com minha pele e que cabelo branco é coisa de gente rica. Aí eu fiquei pensando, ela tá certa. Essa coisa de grisalho é propaganda pra vender creme roxo. Cabelo branco só fica bem pra gente magra sem papada, tipo a Maitê Proença, que, cá entre nós, duvideodó que nunca tenha gastado alguma fortuna em alguma coisa, nem que seja um tal de laser. Eu, com este meu crespo sem forma, e esse meu queixo duplo, se deixar branco, viro uma personagem da Disney.

– Vai passar henna lá embaixo também? Deixa eu ver?

– Por Deus, Adão, vai se tratar. Isso é doença.

– Que doença nada, Amélia, eu tenho é sorte.

– Adão, me ouça. Preciso falar sério contigo. A vizinha da quadra de baixo disse que tu quer enviuvar.

Adão cuspiu o café e começou a tossir. O pão entrou errado em algum buraco.

– É verdade, né? Sabia!

– Que verdade, Amélia?

– Que tu quer se livrar de mim.

– Amélia, pelo amor de Deus, por que eu ia querer me livrar da minha vida boa, da minha esposa gostosa, do meu dia a dia sossegado, do pão doce? Por que eu iria querer alface se gosto de bacon?

— Tá me chamando de gorda, Adão?

— Não, Amélia. Não! Eu gosto de ti. Gosto dessa vida, gosto de quem eu sou contigo. Eu posso te comer pra sempre, com ou sem henna, gorda ou magra.

— Adão! Eu tenho cinquenta e dois anos, tô na menopausa, mal me depilo. Em parte porque não acesso bem algumas dobras, e desde que saímos pela primeira vez, para comer pastel naquela esquina da Paulista, somam-se vinte e cinco quilos. Um quilo para cada ano de casado. E o nosso banquinho redondo de ferro certamente não me sustentaria hoje. E se o banquinho não me sustenta, não tem como tu sustentar esse tesão e amor todo, nem na vida, nem na cama e muito menos no teu coração. E vai te tratar, procura um psicólogo, um psiquiatra, analista, cartomante, alguém que entenda de barra de access. E eu não vou sair para comemorar nenhum aniversário de casamento porque não quero mais engordar e o divórcio é a solução para mim. E você pode tocar sua vida e ser feliz com alguém mais adequada.

— Amélia! Senta aqui. Mulher sempre acha que tá devendo algo...

— ...E homem sempre acha que tá agradando, né, Adão?

— Amélia, eu sou um conservador. Um de verdade, não essas invenções de arminha e mamadeira de piroca de hoje em dia. Não vou abrir mão do que tá bom por ideia de melhor. Sim, você está gorda. Sim, você cozinha mal. Sim, hoje eu ganho mais do que você. Sim, temos conta conjunta. Eu só posso dizer que eu gosto da vida que eu levo. Eu gosto de mim com você e isso é sorte. Já chegamos até aqui. Você vai confiar em quem? Em mim com você ou na vizinha desquitada da quadra de baixo? Eu gosto de cuidar da roupa, eu gosto de cozinhar, eu gosto de te comer. Se você não faz o que gosta, eu não posso fazer isso por você. Eu faço o que gosto e isso me basta.

— Adão, são vinte e cinco quilos!

— De delícia, Amélia, quilos a mais de pura delícia. Você é minha fartura.

— Por Deus, Adão, por Deus, me larga, tira a mão daí, vai se tratar, homem! São nove da manhã!

A viúva

Corri para fechar a veneziana e não deixar as poucas flores do Vilminho voarem ou caírem as garrafas de vidro. O vento sul entrou com força naquela madrugada, embaralhando tudo. Conheci o Vilminho muito antes de conhecer este meu trabalho daqui. A primeira vez que o vi foi no Senadinho, ele atendia lá. O bar de esquina entre a Felipe Schmidt e a Trajano virou o nosso lugar. Entrei, sentei, não falei nada. Só precisava de um pouco de água pro meu remédio da pressão. Tinha recém recebido a notícia da demissão, exatos dois dias depois de assinar o contrato do Minha Casa, Minha Vida e assumir uma dívida maior que eu. Vida de pobre é assim: alegria num dia, desgraça no outro. Deve ser o tal equilíbrio, se ganha aumento aqui, aparece um gasto ali. Não ia ter como pagar, nem minhas varizes, nem minha lombar aguentavam fazer faxina de segunda a segunda. Fiquei um mês encostada por causa da circulação, uma trombose, poderia ter ficado três, mas voltei para a empresa para não ficar mal falada. Não adiantou o sacrifício, um mês depois era eu lá, no bar, chorando. Conheci o Vilminio na lamúria: primeiro o lenço dele, depois ele. Passou por mim e deixou na mesa, falou nada. Peguei e assoei o nariz, parecia que tirava encosto. Enxuguei as lágrimas e limpei os ranhos no lenço dele. Não devolvi sujo, não. Guardei na bolsa, outra hora trazia engomado. Deixou o lenço, depois um copo de água, depois um de pinga.

— Aguardente cura tudo, moça — minha mãe quem disse.

— Crendice?

— Não, não. Minha mãe falava isso mesmo.

— E ela é crente?

— Não, só bêbada mesmo.

— Bêbada?

— Diz ela que não, mas bebe todo dia para abrir o apetite, depois, bebe pra digestão. Eu li na internet que quem bebe todo dia é alcoólatra.

— Isso é tudo matéria paga.

— Será?

— Certeza.

— Você tá bem?

— Não me deixaram nem chegar ao trabalho.

— Subiu a maré, alagou, foi?

— Antes fosse alagamento.

— A estagiária me ligou, me demitiu. Fui demitida pela estagiária, quanta humilhação.

Aí parei aqui, começou a doer o bobo.

— O bobo?

— Sim, o coração. — Minha mãe chamava de bobo.

— Crendice?

— Nem crente e nem bêbada, morria de amor pelo meu pai, esse sim, bêbado. Aí, ela chamava o coração de bobo.

— Um bom nome.

— Precisava sentar, desabei aqui. Dez anos trabalhando na empresa e me mandam embora através de uma criança e pelo telefone. Ninguém me olhou, me abraçou ou chorou por mim.

— Entendo.

— Entende?

De demissão não porque o bar é meu, mas de falência sou entendido.

Vilminho tinha uma fala demorada, fui me acalmando. O homem gordo, meio careca, com camisa xadrez abotoada até o colarinho, impecavelmente passada e com cheiro de amaciante, sentou na minha frente, pegou na minha mão e disse bem devagar, quase em câmera lenta, que tudo ia dar certo e falou me alcançando um rolo de papel-toalha recém-saído do plástico.

Eu sabia que nada ia dar certo, ou alguma coisa não daria, mas era bom ouvir aquela fé num homem tão distinto, coisa rara. Foi o Vilminho que me arrumou este emprego. Vou me aposentar aqui, varrendo corredor pra morto e pra vivo arrependido. Sim, porque vivo quando chora pelo morto é arrependimento pelo feito, pelo não feito ou pelo não desfeito.

Ninguém chorou o Vilminho. Povo chegou barulhento, de incomodar ladainha na capela do lado. Vinham trazendo os engradados de cerveja, tudo gelado, e saco de gelo. Teve um que chegou com uma chopeira portátil digital.

Último lançamento, coisa moderna. Vilminho merece, falava quase gritando.

Vilminho cuidava de todo mundo. Só não era bom em cuidar dele, o coração era grande demais, ele sabia e não abria mão da feijoada. Queria se arranjar comigo, eu queria, mas não conseguia querer. Eu só sabia de pagar a casa. Agora tô aqui. A casa tá paga, e eu chorando o Vilminho.

Maria desenterrou a mãe

Quando eu pensei que iria descansar em paz, a Maria apareceu. Ela sempre foi dedicada, mas não precisava ser assim tão fiel, não depois da minha morte. Depois de fugir do marido com um filho no bucho, ficou morando comigo, dizia que era para me cuidar. Diferente do filho, eu não precisava de cuidado. Pari treze e criei doze, enterrei dois maridos e um anjo, amansei vaca dando cria, fiz terra seca dar fruto, lidei com as ervas e me sarei das dores sem curador diplomado, não precisava de chazinho servido no colo tipo sinhá de casa-grande. Na minha vida não enterrei marido com gosto, nenhum dos dois. Mas, naquele tempo, homem passava querendo provar força pra outro macho e aí morria de tiro, facada ou queda de cavalo. Às vezes, morria no jogo de bocha. Com o da minha vizinha foi assim, briga na bocha. Ela vestiu preto até sua própria morte, mas foi enterrada de branco, nunca entendi. Eu não, morria um, chorava o morto, fazia as rezas, enterrava e voltava para a vida. Fim. Nunca me trataram mal, o que também era incomum no tempo e, pelo visto, até hoje. Não cansa de ter mulher sendo enterrada por jura de amor desgraçado. Só do meu lado tinha duas. De mim tinham medo, por isso brigavam no bar.

Maria ficou comigo até o último suspiro e depois disso. Nem espaço para maldizer a morte ela me deu. "Tá tudo bem, mãezinha? Quer algo, mãezinha?" Às vezes, acho que morri para me livrar da Maria. Não sei que erro eu cometi. Nunca disse pra filha minha ficar em casa em função dos meus quereres. Quem vive pelo desejo do outro não existe. Maria era um fantasma.

Quando o caixão abriu e eu vi aquele rosto redondo, quase morri de novo. Parecia minha mãe. A Maria tinha envelhecido, tinha a pele da avó, olhos meios puxados de índia. Já o cabelo era mais enrolado, veio do avô mulato, filho de negro com italiano fugido. Todo europeu que veio para cá morria de ganas ou fugia de algo. A gente fala bonito deles porque aprende na escola. Quem veio contrariado alimentou o medo real de carregar o horror de ser considerado menos gente aos olhos de quem escreve as histórias. A Maria sofria disso, era a filha mais escura dos doze e quem mais puxou à avó, a dona Juca, minha mãe.

    Ninguém conta a verdade sobre a morte. Ninguém sabe. Não tem isso de paraíso ou inferno, de bem ou mal. É tudo invenção pra não viver. Morrer é tipo um sono comprido com sonhos que se escolhe dentro do que já se conhece, o que já se viveu ou imaginou. Ali, morta, vivi histórias que ouvi, fui homem e mulher e cuidei da minha horta. Eu nunca fui fantasma. Sabia bem do meu querer. Até a Maria me acordar, aí voltei a ser defunto, resto de gente, osso exposto, pela seca, cortiça, virada em cabelo e unha. Ao fim só sobra cabelo e unha e uma brancura dos ossos que assusta pela aridez. O branco é estéril. Quando Maria abriu aquele caixão me tirando da doçura da morte, tive certeza de que no fim do mundo só vai sobrar cabelo, unha, barata e a Maria. Acho que de mim ela puxou a teimosia.

    Eu detestava ser contrariada, ela sabia. Mas ali, na beira do precipício da morte, com ela falando sem parar, me perguntando do último desejo, se eu tava bem, o que eu queria, só por Deus. Nessa insistência típica de gente que vai ficar viva e desamparada, me embaralhou o esvaecimento, não dei conta. Cedi. Erro meu. A culpa é sempre da mãe. Quem tem filho sabe. Tava de bom grado morrer ali, não tinha nem pendência, nem desejos, tinha filhos, netos e desafetos perto. Mas ela não sossegava, mesmo eu dizendo que tava tudo bem, que tava pronta. Enquanto eu não lhe dissesse algo, ela não iria parar. Assombração é isso, é desejo pendente. Eu não queria ser assombração, mas não aguentei a Maria. Aí pensei no impossível. De passar a eternidade ao lado do pai dela, enterrada lá na minha terra natal, viagem de quase um dia todo do lugar da minha morte. Falei isso pelo descabido e já sabendo que a filha mais velha tinha comprado gaveta em cemitério chique só para se aparecer. Eu ia estar morta mesmo, nada disso me importava. Mas tudo importa e nada é impossível para a Maria. Se de fato fosse para eu escolher ficar a eternidade ao lado de alguém, preferiria o padeiro judeu da quadra de baixo, o único que não me deu sono na cama. Não poderia falar isso para a Maria, ia sofrer, a pobre. Maldita mentira. Na beira da morte a gente fraqueja, aí tem disso, se tá cansada, quer ir de uma vez. É onde mora o perigo. Baixou a guarda, o demônio se instala. Quem sabe, se eu tivesse dito mais nãos para essa menina ao longo da vida, eu estaria mais treinada e poderia ainda estar morta. Agora tô aqui num saco plástico viajando num ônibus porque a Maria não se contenta em fazer pouca coisa. Me tirou da cova no seu desejo fantasiado de fidelidade a vontade da mãe, eu no caso, como se tivesse feito promessa para Deus. Cuidar só dos mortos tira o foco da vida. Talvez o problema tenha sido eu nunca ter dado muita atenção à Maria.

Estava na menopausa e bem. Quando a gente pensa que se livrou do carma de ser mulher, vem um filho pra nos lembrar da culpa. Neste mundo, filho é pena por pecado, e não graça. A Maria carregava os dois, pena e graça, abandono e resiliência.

Casou com uns dezesseis anos a contragosto meu. O genro, quase da idade do pai dela, falecido, se gabava de viajar o mundo em caminhão próprio. Maria não tinha parede ou limite, só linha de horizonte, quis ir junto. Vestidinho branco não rodava porque a peça era minguada para o corpo forte. Carregava mais jeito de criança do que de mulher. Voltou para a casa uns três anos depois com um filho na barriga e uma bala na cabeça. Entre São Vicente e Paraty conheceu um índio bonito, pele com viço, cor de canela, deitou com ele. Quis largar o velho e viver por ali, perto da praia. O velho enlouqueceu de ciúmes, tentou matá-la, o índio fugiu. Na cabeça de Maria a bala, lembrando o preço de um desejo consumado, muito risco operar. De registro, o filho só carrega a cor de canela.

 Maria conheceu lugares que eu não alcanço nem de imaginar. Disse que viu onça e floresta baixinha de cor dourada com terra vermelha, árvores que pareciam uma mão com dedos verdes gordos compridos cheios de espinho e flor nas pontas, que viu um rio negro e muita água vertendo de pedra alta. Quando voltou, nunca mais saiu de casa, ia e vinha na distância do quintal mexendo nos temperos e galinhas. Deve ter sido aventura demais para alguém pouco acolhida pela vida. Nunca soube se somos feitos de coragem ou loucura. De saber não sei, mas pode ter sido culpa minha, nunca amei a Maria direito ou amei de menos. Filho na menopausa é um fim que não deu certo. E ela era tão parecida comigo que, às vezes, eu não aguentava me ver ali, me repetindo. Maria carregava sua alma pesada por todos os cantos e pelo visto quis carregar a mãe.

 Foi por uma fresta que a luz entrou. Mas eu não estava no escuro. Tava lá, em algum lugar do infinito, quando aquela luz toda me cegou. Não que tivesse olhos, ou carne, ou sentidos. Mas era como acordar e voltar para uma jaula. Só vi a cara redonda da Maria me colocando com caixão e tudo no porta-malas da sua Belina velha. Não sei como eu sei tudo isso, não me pergunte, não me lembro de ter morrido antes ou de ter sido desenterrada, só sei o que sei. A Maria entrou no cemitério, subornando o coveiro, tirou a plaquinha com meu nome, a flor de plástico carunchada, a grama, a terra, o tapete, e puxou, com ajuda do subornado, o caixão.

Caixão atado no porta-malas semiaberto varreu estrada no limite de velocidade do carro velho. Em casa, sozinha, levou o caixão para os fundos, um pátio pequeno, com uma mesa alta de sementeira.

Não teve medo ou asco. Era como se voltasse a brincar com as bonecas de ossos de galinha da infância. Até o vestido puído guardava semelhança. Estava feliz porque a mãe estava indo de volta para a casa. Me desmontou e me colocou num saco. Fui entregue escondida dentro de uma mala com fivela a um conhecido contratado para o translado. O moço pegou a mala e o ônibus e viajou por mais de oito horas. O sol nascia quando o ônibus entrou na rodoviária de destino. Minha filha segunda estava lá. Andava de um lado para o outro, com um cigarro apagado entre os dedos. Tinha largado o vício, mas não o gesto. Avistou o conhecido que desceu com a mala batendo nas paredes do ônibus, achou que eu ia tontear, jogou o cigarro no chão e pisou, como se aceso estivesse, e correu na minha direção, salvar da morte que não era. Tontas são essas meninas. Pagou-lhe o frete e entregou a passagem de volta. Seu Dolacir nunca soube o conteúdo da mala. Voltou para a casa curioso, mas com medo de saber detalhes do trabalho fácil. As pessoas sempre têm desconfiança do fácil. Teve churrasco farto naquele final de semana na casa de Dolacir.

Minha filha segunda levou a mala até o outro coveiro subornado, lá no cemitério principal da cidade, originalmente um cemitério apenas para os brancos. Os índios daquele Brasil eram largados em cova sem nome. Minha mãe foi a primeira a ser enterrada ali. Todos tinham muito respeito pela dona Juca. Por ocasião de curar o padre do mal dos pulmões que carregou desde a infância, ganhou como agradecimento lugar entre os brancos. Para ela foi ofensa. Queria ficar perto do rio, como ficou sua mãe e a mãe de sua mãe. Maria nunca soube disso, se soubesse estaria, com certeza, dando destino certo para o desejo da avó.

O coveiro abriu a tumba, num canto, um amontoado de ossos sem forma e pó. Nada que lembrasse o falecido. A morte não tem cheiro nem de podre, nem de rosas. A morte mesmo é pó.

A pedido da filha do meio, o coveiro abriu a mala, pegou o saco e ali me depositou fazendo um montinho no outro lado da tumba. Minha filha levava um lenço negro lhe cobrindo o rosto. O coveiro tirou o boné encardido, se deram as mãos e rezaram um par de aves-marias e um pai-nosso, nunca entendi o ritual inventado. Não sei se minha filha conhecia o coveiro, mas dividiam uma cumplicidade invejável.

    Pelo que entendi, Maria dormiu bem naquela noite. Maria sempre foi Maria. A loucura de Maria era sua sanidade. Livrou-se de mim. Nesse desenterro, me enterrou. Agora estou eu cá, desperta, ao lado de um adormecido, como sempre foi em vida. Até que a morte os separe, diziam. Mas a morte é reflexo da vida ou nada além dela.

Anna

Eram quatro faróis, ele dizia. Como se eu não soubesse nada do lugar em que cresci e passei madrugadas com meu avô, a bordo de uma baleeira mal-acabada, pescando tainhas. Ele contava a história do jeito de sempre, como se viver aventuras fosse exclusividade dele. "No tempo entre o nascer da lua e o pôr do sol, temos quatro perfeitos faróis", repetia com o entusiasmo pedante de um conquistador, àquela altura, de quinquilharias ou jovens mulheres. Parecia ignorar ser aquele meu pedaço de mundo. O meu mundo, o mundo do meu avô. E ignorava também que, a cada nova conquista, me perdia. Eu lhe escapava das mãos tal qual areia em dia quente, deixando um rastro de memória grudado entre os dedos suados. Uma memória insistente em não partir, que nem desejo desencapado.

O olhava com a calma e a intensidade das despedidas. Essa morte do adeus me faz respirar fundo. Sentado diante de mim, sua voz, mesmo aumentada pelo entusiasmo, parecia a de alguém habitando outro lugar. Alguns cabelos brancos surgiam na barba e contrastavam com a pele morena. Ele ainda tinha cheiro de sal. Sempre gostei do cheiro dele e das mãos delicadas, mais que as minhas, mas fortes, mais fortes. Quando corriam pela minha cintura me puxando sem perguntas na sua direção cumpriam perfeitamente sua função, ou quando desciam entre as minhas pernas em segredo público. Me arrepia a memória e me dói a saudade. O cheiro dele é lembrança, o cheiro e o corpo ainda musculoso, apesar da idade. Mas hoje cheirava a sabonete. Ele, que nunca foi pescador, era homem do mato, de lidar com madeira, estava cheirando a sabonete. No mar o perdi. Fazia canoa, barco, depois levava gente para conhecer os cantos da ilha apresentada a ele por mim. Os meus cantos. Conheceu cada um. Eu cresci naquele pedaço de mundo. E ainda hoje, em dia de lestão, a gente se esconde na pedra da passagem, uns mil metros à direita do canal e dos dois faróis. Sempre de canoa, raramente pelo mato. Aquele é o meu canto, aquela curva, o meu corpo. O gosto dele de sal passou a ser meu ali.

Hoje, no dia dos seus quatro faróis, ele negou. Em todos esses anos nunca pedi para ele não ir. Mas hoje eu pedi e ele negou. Sorriu, cheio de si, orgulhoso, vaidoso, me beijou na testa, e foi sem hesitação. O vento leste iria entrar e eu ardendo em ciúmes. Eu sabia que ela estaria lá. Toda jovem, pele com a rubustez e frescor que um dia também fui eu. Eu, o seu futuro, ela, o meu passado. Ele a ajudando a subir na embarcação com aquelas mãos que não me puxam mais como antes. O sal na minha boca vivia na memória presa como areia nas mãos. Eu o perdi no mar. A cada conquista sua eu o perdia. A areia quando escorre fica grudada nos vincos dos dedos e nas dobras dos anéis. Minha vida parecia areia em um anel solitário, minha aliança de ouro. Joia comprada pelo meu avô. Tainha, dizia orgulhoso, é a tainha que vale ouro.

Taí a prova. A aliança grossa era para mostrar a fartura vinda daquela baleeira mal-acabada, com remendo em compensado de cedrinho, e pedaço de freijó doado.

Ele voltou de madrugada, muito depois do trabalho feito. A aliança estava lá e ele cheirava a sabonete. Me encontrou na cozinha arrumando coisas desnecessárias. Sorriu largo ao me ver e engatou meio nervoso a história dos quatro faróis e do barco lotado para os passeios com os turistas, e da lista de espera, falava e falava, num ritmo quase infantil ou para não dar espaço para perguntas. Ele falava da minha ilha. Da minha ilha revelada. Falava e falava e falava. Eu ouvia. Ouvia enquanto colocava uma sopa com pão torrado sobre a mesa. O pão do dia anterior eu fazia torrado com azeite e alecrim ao forno e ficava melhor que a sopa. Me olhou sem pressa, agradeceu e começou a comer o pão com gosto. Colocava mais azeite e escorria e pingava no prato e ele lambia os dedos. Eu pensava na menina com ele. A sopa esfriava. Ele comia o pão como quem escolhe o acompanhamento ao prato principal. Sempre preferiu os acompanhamentos, as preliminares, o entorno. Certamente, não era a primeira vez.

Sentei perto e passava minhas mãos umas nas outras como quem tenta tirar a areia grudada nos vincos. Segurei em pinça a aliança do meu avô, a nossa aliança, no mesmo jeito de arrancar espinho. Tirei devagar. Não havia mais razão para mantê-la ali.

"Eram quatro faróis", ele dizia, os do mar, o sol e a lua. Os meus são outros, pensei. Dois ali, na boca do canal, firmes como ancestrais a guardar as partidas e as chegadas, os outros são as luzes das duas baleeiras de meu avô. Meus faróis são fixos e móveis tal qual nossas versões de mundo. Para mim os desejos dele seguem lá, num tempo que não se renova. Ele segue no passado da minha ilha, como areia grudada sem nunca ir embora. Lá ele me busca sem fim em outros corpos, tudo que perece vai embora. Fixo, nessa forma morta da memória, ele me deforma pelo olhar que não me vê mais. Me sinto proibida de viver os tempos. Ele bebe a sopa já fria e me fita sorrindo. Meu peito dói como um soco. Me levanto e fico mais próxima dele no banco de cedrinho, feito por ele, bem na ponta da mesa vestida de toalha de renda de bilro já manchada de azeite. Me beija na testa de novo, sinto o cheiro de sabonete e náuseas, pego sua mão, deixo a aliança com ele. O presente do meu avô guarda tantos passados. Algumas pessoas preferem viver lá, na terra firme de memória. Eu sou neta de pescador, estável me sinto no balanço de um barco. Fixo é só ideia. Nas dores do mar é só aproar o barco no contravento e esperar. Nas dores em terra me perco.

    Ele segura a aliança com as duas mãos, segura a respiração e tem algo delicado nas mãos. Os olhos enchem de lágrimas. Não entendo. Ele levanta, vai até a mochila que levou para o passeio e estava perto da porta. Eu não me movo. Ele a abre devagar e pega delicadamente um embrulho mal-acabado, me olha. As lágrimas escorrem pelo rosto dele. Coloca o embrulho na minha mão, minha aliança na dele. Abro. Grudado num sabonete de cheiro adocicado, o mesmo cheiro que ele carrega naquela madrugada, um anel de ouro com uma pedra verde.

"O anel eu fiz, não está bem acabado, mas eu fiz. A menina ajudou, ela é neta de um ourives da ilha. Queria que você tivesse um ouro meu, feito por mim. Esse anel é minha fartura para você."

O vento fecha a janela com força. Era o presente.

Clarice

Clarice era mansa. De uma mansidão capaz de causar tornados. Vivia em si uma elegância discreta de quem sabe quem é. Sempre tive inveja dela. Não da beleza um tanto estranha, alta demais, mãos grandes demais, olhos puxados. Tinha inveja da postura. Sempre invejei as posturas. A postura de Clarice era de quem sabia acomodar os dois pés, empregar o peso em exato equilíbrio. Parecia ter uma dimensão precisa de si e do mundo e de si no mundo. Clarice sabia lidar com a gravidade. A mim coube o esforço. Me sinto até hoje como uma adolescente com braços maiores do que o imaginado e pernas mais compridas do que o necessário.

A conheci na escola. Por certo, a pessoa mais popular entre todas, e sem esforço algum. Pouco ouvia sua voz, sempre com um livro e sozinha, e ainda bastava caminhar pelos corredores com seus cabelos acima dos ombros para causar alvoroço. Só isso já era uma subversão: cabelos curtos. Só a ela cabia esse desdém pelas convenções. Clarice podia, ou não, mas ninguém sabia.

Naquele dia, saí mais cedo da escola para um compromisso cuja importância se perdeu no tempo. Clarice estava na quadra de baixo, uma praça improvisada no bairro. Lembro-me de caminhar às pressas com a mochila nas costas para conseguir carona com meu padrasto. Caminhava concentrada, carregando o peso, e, na tentativa de atravessar algumas pedras a fim de cortar caminho, o meu desequilíbrio me levou até elas.

Avistei Clarice. Num aninhamento de corpos sem precedentes para mim.

Senti uma mistura de frio e náuseas, como se não conseguisse dar conta de entender o que via. Lembrava das falas do pastor, da relação com o imundo, mas nada presente na cena daquelas duas mulheres.

A bibliotecária tinha Clarice no colo, ali, no banco da praça, e as duas se beijavam de forma cálida, mas intensa. Mochila e bolsa no chão, um lugar ermo, e duas mulheres se tocando de forma condenável. Soltei um grito, mão na boca. Clarice me olhou e saiu corrigindo a roupa enquanto a bibliotecária realinhava os cabelos.

Cada uma pegou suas coisas e saiu, sem se despedirem, sem me olharem. Era horário de aula, todos deveriam estar na escola. Foi como se eu tivesse tocado em algo proibido. Experimentei uma angústia desconcertante, meu corpo tremia e umedecia. Corri para casa sem pausa para recuperar o fôlego. Rubra e suada, fui trocar de roupa. Todo meu corpo latejava, principalmente meu sexo. Naquela noite, pensava em Clarice e na bibliotecária e a cena do beijo se repetiu mil vezes na minha mente e se espalhava por todo o meu corpo. Me apertei contra o travesseiro, tensionei minhas coxas, mas não dormia. Deixei minhas mãos seguirem seu curso. Minha culpa me levou ao pastor no outro dia.

Eu deveria contar o nome das meninas e nunca mais voltar a incidir em pecado. "O corpo era usado pelo demônio para nos afastar de Deus", bradava ele como se estivesse em pregação, apesar de ser só eu ali. Ele queria os detalhes das meninas e o meu no meu quarto. O calor que eu sentia e o prazer úmido desconhecido até então eram o terreno de morada do mal, segundo o pastor. O homem calvo de camisa azul, com rodas de suor embaixo do braço e um cheiro que misturava amaciante com naftalina, me olhava de cima com olhos vermelhos de censura. O dedo entre minhas sobrancelhas, a voz alta e a insistência para eu confessar "os nomes de minhas amantes" me fizeram colapsar no chão do seu confessionário improvisado. Acordei na cadeira de palha que fica entre o cofre de dízimo e um teclado musical. Dona Janete, uma espécie de diácona baixinha e de andar cansado, me abanava e segurava um copo de água que acabou, pelo nervosismo, molhando tudo ao redor, inclusive minha roupa. O pastor me mandou embora com a sentença de que meu corpo estava possuído.

Naquela manhã na escola, procurei Clarice por todos os cantos. Não a vi. Também não encontrei a bibliotecária, apesar de ser o dia em que ela deveria estar lá orientando os grupos vazios de leitura. Era uma escola religiosa, com censura de livros e a mantenedora era vinculada à igreja do pastor. Dona Janete era a secretária executiva de ambas as instituições. Me senti responsável por aquelas ausências. Não pelo pecado imposto pelo pastor, mas por não encontrá-las.

Foram dois intermináveis períodos de ciências gerais até a hora do intervalo. Estava sozinha num canto da cafeteria quando Clarice e a bibliotecária sentaram ao meu lado. Elas apenas sorriram e me alcançaram um livro e foram embora. Tinham o mesmo cheiro, uma mistura de manjericão com rosas. Aquele cheiro ficou na minha mente. Joguei o livro na mochila sem ver.

Tinha uma página dobrada e um sublinhado na seguinte frase: "Tudo o que não invento é falso". Era uma frase de um poeta até então desconhecido para mim. Ao menos até aquele dia. A frase reverberou. Li tudo dele e outros tantos.

No outro dia, não as vi. Só em casa soube do ocorrido, um verdadeiro escândalo para as pessoas daquele lugar. Clarice havia ido embora com a bibliotecária. Me senti por conta própria, meio abandonada e solitária de posse de um segredo sem minhas cúmplices. Naquela tarde, cortei os cabelos na altura dos ombros, meus pais mandaram eu falar com o pastor. Não fui.

Me senti como alguém que andava num quarto escuro, mas numa fração de momento as luzes se acenderam todas e vi o que tinha no quarto. Elas voltaram a se apagar, mas o estrago tava feito. Eu já tinha sentido. Porque sentir é ver de verdade. Os dias se passaram como se tudo estivesse no mesmo lugar, do mesmo jeito, mas nada mais era igual depois do beijo de Clarice. Não senti culpa pelo prazer produzido pelo meu corpo e nunca mais falei com o pastor, nem creditei muita atenção às coisas não inventadas por mim. Por três anos frequentei a biblioteca todos os dias, até o dia que nunca mais pisei lá. Foi no dia do meu aniversário de dezoito anos. Parti em definitivo, apesar de já ter ido embora muito antes. Não estava sozinha, muitas Clarices iam comigo.

Bela e Nice

As duas irmãs comeram o pai. Ele foi despedaçado e comido cru. O pai as nominou e as encarnou no mundo de todas as formas possíveis, agora era fim.

Quando a irmã mais nova nasceu, a irmã mais velha a chamava de imigrante. Talvez pela euforia e pelo medo diante da desconhecida. Apesar do estranho começo, se tornariam cúmplices, protetoras e testemunhas uma da outra. Mas, num olhar primitivo, Bela era uma imigrante para Nice. Seu pânico infantil a fazia questionar quem seria aquela estranha. Mesmo fascinada pelas formas de Bela, pelos contornos, pelo tom da pele, pelos tamanhos das mãos e pés tão diferentes dos seus, Nice sentia-se ameaçada. "O que ela irá querer de mim? Roubará minha mãe, meu pai, meu lugar?"

No auge dos seus quatro anos, Nice, às vezes, achava que Bela não estava pronta ou estava mal cozida porque a via sempre grudada a mãe e enrolada em grandes panos, mal dando para ver a cabeça. Lembrava-se do pão retornando ao forno quando erravam a temperatura ou o tempo e precisavam de cozimento extra. Achava que isso tinha ocorrido com Bela.

Nice pegou Bela no colo pela primeira vez quando a mãe ainda era viva. Apesar do ar cansado e do andar lento, a mãe ajudou a filha mais velha a segurar a irmã. Nice achava que Bela estava a consumir a mãe de alguma maneira; se conhecesse histórias de vampiros, certamente diria ser a irmã um deles. Quando a mãe morreu, teve certeza da culpa da irmã mais nova. Só depois, com as visitas mais constantes do pai, ela sentiu não ser Bela a razão da morte. Esse mesmo pai até então mais presente nas reclamações da mãe do que na vida das meninas começou a trazer presentes e carinhos. Só por volta dos nove anos, Nice começou a entender a dor daqueles estranhos encontros com o pai. Até então, sempre fazia febre à véspera de cada visita e sentia-se mal.

Bela tinha quase três anos quando a mãe morreu. Nice tinha sete. O choro da falta da mãe fez nascer em Nice uma empatia e um amor nunca imaginado pela criatura que lhe provocou tanto medo. Um imigrante é um ser apavorante, apesar de frágil. Na falta da mãe, o desespero da irmã menor traduzia seu próprio abandono. Ao acolher Bela, Nice podia esquecer-se. A irmã era a melhor memória de tempos seguros. Bela dava a Nice a certeza de ter sido amada, precisava, portanto, mantê-la intacta. Assim, construiu um mundo de fantasias e mentiras para a irmã, talvez a forma possível de salvar-se, talvez a única.

Foi diante desta espécie de juramento sagrado que Nice assumiu o ofício de doar seu corpo para proteger Bela. Como se, ao protegê-la, ela tivesse a chance de testemunhar uma vida sem as visitas do pai. Estava disposta a blindar Bela de tudo do mundo e mantê-la imaculada naquela vida, ambas agora imigrantes, retirantes, abandonadas à sorte de uma autoridade ardilosa.

A tia que passou a cuidá-las era irmã do pai e mal tinha tempo para suas próprias coisas, e as meninas crescerem à revelia de olhos adultos cuidadores. Uma vez, Bela teve tanto piolho que era possível ver os bichos andando em sua cabeça. Foi Nice quem cuidou. Cortou o cabelo da irmã aos prantos e, para minimizar o sofrimento da pequena, cortou o próprio. Perdeu assim seus cachos. Mas graças aos piolhos o pai ficou um longo tempo sem procurá-las.

"Parece um menino sujo", dizia.

E, como uma confissão dos gostos do pai, desde aquele dia, passou a se comportar como tal. Escondia os seios que começavam a surgir e vestia roupas largas e mantinha o cabelo sempre curto. Bela não entendia a manutenção do cabelo curto da irmã nem o tipo de roupa. Considerava Nice meio amarga e mal-educada com o pai, tão atento e amoroso. Ali, do seu mundo encantado, julgava ser algum tipo de rebeldia ou ingratidão.

Na medida em que o pai se distanciava de Nice, Bela tornava-se a filha mais amada, deixando Nice muito apreensiva a cada nova visita. Tentando de todas as formas possíveis não deixar os dois sozinhos, fazia a tia ficar em casa ou ela mesma montava guarda com desculpas de produzir bolos ou adiantar alguma refeição.

O pai rondava Bela com presentes e falas gentis, e na ignorância em relação ao que viveu a irmã, a tornava uma presa fácil. O mundo de fantasias construído por Nice foi a cama de Bela.

Era verão. Fazia anos que as irmãs não se viam. Bela chegou de mãos dadas com uma menina, tinha os cachos dos cabelos que corriam a cintura. Nice mantinha os seus cabelos curtos e as roupas largas e escuras.

"Tem os olhos da mãe", disse Nice.

Bela não lembraria. Olharam-se em paz. Estavam juntas de novo e choraram uma no ombro da outra suas saudades e solidão.

Na noite em que Nice foi embora, ela levou junto o ato das duas. Mas foi Bela que carregou no ventre o peso da violência. O desaparecimento e a morte do pai foi um crime com investigação inconclusa, já que o corpo nunca foi localizado. A suspeita caiu toda sobre Nice, pelos abusos sofridos e pelo seu sumiço. Diziam ser vingança e, por isso mesmo, quando passava na rua, as pessoas a chamavam de amante do pai, parricida, mal-agradecida, sedutora, puta, vadia e bruxa. O imigrante é sempre o mal. Ao denunciar o abandono, a desatenção, incompetência de quem tem o dever de cuidar, o imigrante deixa o rei nu. Nice tornou-se a responsável pela violência sofrida. A puta sedutora de um pai fraco.

Mas a puta não matou o pai. Foi Bela. E Bela não matou o pai por ela, foi por Nice. Na noite em que a menina sangrou nas mãos do cuidador, Nice estava fora a mando da tia. Quando retornou, o pai estava sobre a irmã no sofá. Nice lhe cravou as unhas e o arrancou com a raiva do fracasso de tantos anos de sacrifício em vão.

"Ela não, com ela também não!", gritava desesperada enquanto abraçava a irmã.

Bela, atônita, viu um filme passando na sua cabeça. As febres da irmã, as dores, o sangue, o choro, o cabelo curto, o olho opaco de tristeza. Sentia-se traída e subjugada. A irmã amada não lhe confiou sua dor, seu desespero, como se ela fosse fraca. Bela odiou Nice pelo silêncio, pela solidão. Um ódio que a fez estraçalhar o pai a facadas. A mesma faca, nunca usada, que ficava exposta perto dos livros de geopolítica da tia professora, a faca herdada do pai do pai e afiada e polida por ele nas visitas. E sempre que Nice tentava se desvencilhar era com ela que o pai a domava. A mesma faca das histórias de vitória do avô que viveu a guerra e que matou tantos imigrantes indesejáveis. A faca testemunha da violência estava sempre exposta e exibida, mas a violência só é vista quando nos importamos.

Foi Bela quem o matou. E quando Bela o mata, ela assume o próprio destino. Ninguém sabe o que um imigrante sente diante de tanta fantasia descortinada, de tanta traição e violência mascarada. A dor represada por tantos anos foi impossível de não ser encarnada toda e ao mesmo tempo por Bela. Como imigrante abandonada à própria sorte suportando as cuspidas e humilhação, Bela agiu para salvar a irmã já diluída.

Bela matou por Nice e por todas as dores e, em silêncio, elas mastigaram e engoliram para sempre o nome do pai.

Virgínia

A senhora tem vaginismo.
– Vagina o quê?
– A senhora tem dor na hora da penetração?
– Penetra?
– Penetração, quando faz sexo vaginal.
– E tem outro?
– Sim, vários.
– Deus me guarde. Mas dor é normal, doutora, não é?
– Não, senhora, é normal sentir prazer.
– Prazer? Não pode, não.
– O quê?
– Sentir prazer é pecado. Vagina o quê, mesmo?
– Quantos anos a senhora tem?
– 39.
– Tem filhos?

— Dois.

— Algum aborto?

— Deus me guarde e livre.

— Mas fez algum aborto?

— Eu não fiz, foi o médico, mas não sei.

— Não entendi.

— Não sabia se tava bem grávida. Era virgem, foi uma sem-vergonhice de jovem, nas coxas, sabe? O meu marido, na época noivo, me levou pra ver o médico, não poderia casar grávida, ia ter falatório. Então não sei bem o que foi. O médico me deflorou, foi tudo limpinho.

— Limpinho?

— Sim, sem pouca-vergonha.

— Entendi.

— Mas, vagina, o quê, mesmo?

— Vaginismo. É uma contração involuntária dos músculos da vagina, pode doer quando o pênis a penetra.

— Eu sempre senti dor, filha, rezo para ele acabar logo. Aí estou livre para as minhas obrigações. Mas ao menos tive dois filhos sem pecado. Bom isso, não?

— O quê?

— Não ter pecado.

— E a dor? Faz parte.

— Não, não faz.

— A dor livra do pecado.

— Pecado?

— Sem dor teria prazer, certo?

— E menos pressa para ele acabar.

— Mas aí teria pecado.

— A senhora já mexeu no seu clitóris?

— Clio o quê?

— Clitóris. Já se masturbou?

— Claro que não, é pecado. Deus vê tudo.

— Entendi. E como foi o parto?

— Natural, com ponto pro marido!

— Ele ajudou?

— Não, Deus guarde, isso não é coisa de homem. Ficou em casa. Quando me costuraram, depois da criança ter saído, teve o ponto do marido, aquele para deixar bem apertadinha. Mas, o que é mesmo o cli o quê?

— Clitóris? Isso.

— É um órgão que só as mulheres têm.

— Pra que serve?

— Para ter prazer.

— Tem função de pecado, então?

— Prazer não é pecado.

— É o que o pastor fala.

— O pastor não tem clitóris, senhora.

Dona Juca

Sempre me pego abrindo a geladeira no final de tarde, raramente é fome, é nostalgia. Esse horário entre final de dia e início de noite me faz lembrar da casa da minha avó, com a novela das seis passando na TV de tubo, ela na cadeira de balanço comendo pipoca antes de requentar o almoço e ele virar janta ou fazer algum café com leite e pão com ovo.

A porta da geladeira ainda aberta e meu olhar perdido na lembrança e na abóbora cortada pela metade enrolada num filmito; respirei fundo, uma boa pedida seria sopa de abóbora com carne moída e coentro. O coentro eu tinha plantado num canteiro improvisado perto de casa, tava minguado, mas tava lá, já a cabotiá veio do mercadinho mesmo, orgânica, como diziam a etiqueta e o preço alto. Fechei a geladeira. A moranga de casca verde fosca, tipo uma pele nodosa dura, bem dura, me fazia lembrar ainda mais da minha avó. Minha avó jamais comeria essa abóbora, nem para matar a fome. "Essa aí provoca mau comportamento, tem feitiço, fia." Nunca entendi. Um dia fui pesquisar, dizem ser afrodisíaca. Minha avó preferia a da sua horta, a moranga plantada, cuidada, colhida e preparada por ela, e se sobrasse, dava de virar geleia.

Foi na cozinha dessa velha brava, com dedos grossos da enxada, de precisar controlar as coisas, menos por gosto e mais pelas dores da vida, se fez, como pôde, senhora de si pelo destino, que conheci os doces mais doces de minha infância. Todos de abóbora, não raras vezes com banana madura ou outra fruta da estação misturada para não ir fora. Minha avó era a dona das misturas. "Boa mesmo é minha 'abóbra', essas compradas não têm gosto." Eu ria, achava que a avó falava errado "abóbra". A velha bugra não trazia domínio das letras. "Papel aceita tudo", retrucava. Analfabeta, assinava com custo o nome, era vaidosa. Mas o "abóbra" tava certo e ela também. Certa no chamado do nome, certa na prática da vida. Descobri o certo do "abóbra" só agora, tentando me livrar do plástico grudado na fruta. O da vida eu já sabia. Sim, abóbora é fruta, também descobri faz pouco. A avó sabia, tanto que virava doce. Tive vergonha de rir do seu "abóbra", mesmo sentindo dela um orgulho não protocolar. Não poderia me exibir com suas cantigas, nem com suas viagens ou roupas ou com suas letras ou estante de livros. Eu era neta de bugra de cabelo fino, pele cor de cuia e dura e nodosa do sol. Ela era a dona Juca, tinha homem no nome de batismo, talvez o mesmo que usurpou o de indígena, mas deu o sentido certeiro para quem a conheceu em vida.

Eu tinha orgulho daquela força, às vezes, exagerada e do carinho dado mesmo lhe provocando turbação. Só soube disso hoje, com a cabotiá plastificada. Lembro que nas primeiras férias no ano que aprendi a ler ela sentou comigo perto do potreiro de madeira e chão de terra vermelha, piso batido até ficar liso, ao lado ficava a vaca num estábulo e as ferramentas. Lembro do cheiro de talco Alma de Flores do banho recém-tomado, anunciando o fim da lida pesada na terra e no fogão. O cheiro de talco fazia a ponte entre a rua e a cadeira de balanço com pipoca e a hora da novela. Pacienciosa, ela ouvia minhas explicações sobre o encontro das letras que criavam sons, formas e sentido.

Olhando agora a "abóbra" me pego pensando no quanto a ordem das coisas tá invertida. Esse filmito grudado revela isso. Quem entendia das coisas era aquela velha de cara fechada que fazia terra seca germinar. Eu nunca aprendi a linguagem dela, essa sorte eu não tive. O orgulho que me sobrava faltava a ela para me ensinar. Não aprendi nem das ervas, nem dos seus temperos, nem de fazer doce e manteiga, nem da terra.

A abóbora de minha avó brotava em trepadeira, ficava no chão e tinha pele macia. Esta terra acolhedora de semente forasteira fez vingar em fartura a japonesa, a italiana, a do norte da América. Aqui reinam as cores e texturas, mas assim como a bugra não pode carregar o nome de nativa, a gente cresceu achando tudo o que é daqui meio defeituoso. Aí ou eu compro a abóbora feiticeira no plástico ou já descascada e olho incrédula para a da minha avó nos hortifruti. Parece que se comprar a moranga de minha avó e não a pegar de uma terra semeada por mim tô violando minha herança, como se a estivesse enganando ou lhe esquecendo. Aí pego a plastificada mesmo e fervo antes de descascar para soltar a dureza como se tentasse soltar algo que não me pertence. Minha avó sabia fazer doce sem açúcar e semear em terra seca, eu escrevo meu nome com boa caligrafia, mas não sei fazer doce.

Jéssica

No alto dos seus 1,80 com um rebolado invejável, Jéssica arrastava multidões com sua raba. Linda, a mulher-mito, o sonho perfeito, o lírio do campo, a flor do deserto, todos e todas a queriam. Ou queriam ser Jéssica, ou deitar com Jéssica, ou ser possuído por Jéssica. Mas Jéssica não queria ninguém.

– Casa comigo, sei que me ama.

– Tito, você é ótimo, um querido, mas nem caso, nem beijo na boca.

– Eu pago.

– Não é dinheiro, Tito, é amor.

– Só um beijo. Só um, uma vez, uma lembrança para mim.

– Não negocio beijo, Tito, beijo é confissão de amor.

– Então, você não me ama?

– Não.

– Nunca amou?

– Como cliente você é o melhor.

– Melhor que aquele meu amigo feio?

– Sim, muito.

– Um consolo, ao menos.

– Quer outro tipo de consolo, Tito?

– Claro, *mon amour,* você me completa.

– Como assim, Tito? Virou gay agora?

– Não, ou sim. Já não sei mais nada. Só sei que você me completa a alma. Esse teu pau é uma obra-prima, você é a mulher perfeita: a mulher com falo. A mulher com algo a perder. As mulheres que andam aí pelo mundo são perigosas. Essa coisa de só ter vagina devora os homens, elas são um falo ambulante, encarnado. Gente que não tem nada a perder é perigosa, Jéssica. Você não, *mon amour*, você é o acolhimento, a paz possível.

– Tito, eu sou mulher.

– Sim, claro, mas ainda assim a versão pacificada.

– Pacificada, Tito?

– Jéssica, meu amor, não corte este pau. Você é perfeita como Deus lhe fez.

– Tito, não foi Deus que colocou esses quase 500 gramas de plástico chamado silicone nos meus peitos, nem me encheu de hormônio.

— É isso que estou falando, você é uma obra de arte esculpida com o tempo e com o desejo de ser quem é. Não mude esta obra que já alçou as graças da perfeição.

— Tá bom, Tito, outra hora a gente conversa. Me manda um Pix de hoje. Vou pegar um X na Kombi do saltinho e voltar para a casa.

— Posso ir junto?

— Tu é vegetariano, homem, e ele só tem carne.

— Eu como o pão, carne só você.

A facção, a avó e o remédio em pó

Pela primeira vez na minha vida eu vi um carro grande na porta da minha casa com luzes e sirene. A rua toda foi olhar. Nem sei como eles subiram o morro, pela servidão íngreme de chão batido. Tinha caído uma tromba-d'água na noite anterior e quando tem chuva com vento nordeste é sempre muita água, alagamento, casa desmoronando no morro, acaba luz, entope tudo, a rua vira cachoeira e é boa só para brincar mesmo, e andar de bicicleta quando bate o sol e seca os veios da água que rasgaram o chão. Mas a ambulância subiu quando ainda tava molhado, deve ter patinado pra bué. Eu não vi. Tava na escola.

Foi o primeiro dia de volta às aulas depois de um ano e dois meses e quatro dias. Não fiquei contando os dias, mas minha irmã me ensinando as matérias e matemática não tava bom. E quando entrou as "facção" ficou pior ainda. Não tem jeito de eu entender essa coisa de terço, quarto e meios. No meu mundo ou se soma ou se diminui, no máximo divide ou se pega inteiro. Parte de inteiro não sendo subtração não entendo. Facção não é coisa boa. Não de onde eu venho. Mapeiam o morro, dão nome, e cada facção fica dona de um pedaço e lá fica mandando. Não gosto de facção nem no morro, nem na matemática. Aí fui para a aula aliviado de não precisar ter lição com a irmã. Tava com saudade de jogar bola também. Na rua tem muito amigo, mas na escola tem colega tipo irmão, de estar junto desde quando não se sabia contar o tempo. Irmão de pular a cerca para comer churros com doce de leite na praça e voltar escondido antes de acabar o intervalo. Irmão de um cuidar do outro quando falta nota ou perde matéria. Coisa que só o tempo faz criar.

Quando tava no pé da servidão, dobrando já as calças para não embarrar, dava de ouvir a ambulância e ver a montoeira de gente e os pisca-piscas da luz parecendo pirilampo. Deu um ruim. Pensei na avó. Ela tava com tosse nos últimos dias e essa doença não dá sossego. A avó é forte, mas não se cuida. Eu disse para ela tomar o tal remédio para vermes do pastor, o tratamento precoce benzido, mas ela disse cuidar dessas coisas com as ervas dela. A mãe fica toda incomodada com as ervas da avó porque quem mexe com essas coisas não é de Jesus. Já a mãe se cuida bem. Tá tomando o tal remédio benzido desde que começou essa desgraça e dá para todo mundo lá em casa, menos para mim, porque a avó não deixa. A mãe obedece. Ela teima com a avó, reclama, faz reza para ela se converter, mas obedece. No fundo, ela sabe dos certos da avó, eu não me meto. Sei que não pego gripe, faz um bué de tempo, graças às misturas de erva da avó. E não sou bobo de desdizer, a avó me enche de balda, me dá doce e deixa eu dormir na cama dela quentinha com cheiro de talco. Senão tenho que dormir no sofá puído da sala sem cortina com um poste de luz na rua iluminando tudo como um sol. A mãe deixa no sofá uma manta de retalhos feita por ela, tudo em quadradinhos iguais e coloridos. A irmã tentou me ensinar "facção" com aquela manta, foi um desastre, me atrapalhou ainda mais as ideias. Quando eu vou dormir no sofá tenho de tirar a manta pra não sujar, ela diz. Me chama de encardido, a mãe, por isso prefiro a avó. Eu sou da cor dela, o único neto igualzinho, talvez por isso ela me dá balda.

Lá debaixo, no início da rua, olhando aquela subida com jeito de picada recém-feita, só não era porque já tinha um monte de casa empilhada nas laterais, meu coração apertava de imaginar a avó doente. A mãe e a irmã devem estar bem. A mãe paga caro pelo remédio milagroso, vem direto da igreja e ela ganha junto uma garrafa untada de água, tudo consagrado pela mão santa do pastor. Ele disse para ninguém de fé se preocupar com essa praga, porque as benção dele fecham o corpo pro vírus e essa vacina é para marcar as pessoas com o número da besta. A mãe já disse que não toma. O pastor garantiu, "É só não perder o culto e não faltar com o dízimo". A mãe reserva o dízimo das costuras. A avó caçoa. Diz ter pagado escola e cursos para evitar essas desgraças, mas não adiantou. Se enrabichou por gente de facção e agora é isso. "Tenho uma filha crente na burrice". A avó fala assim mesmo. A mãe só reza, não retruca a avó, até porque a casa é dela, só resmunga dizendo ter um demônio perto da avó e ser missão dela salvá-la. E a avó repete que a mãe perdeu as inteligência, fecha a cara e vai pra horta cuidar das ervas. "Onde já se viu namorar traficante devoto de Jesus? Ou é uma coisa ou outra, mas agora as facção tão tudo filiada à igreja ou ao contrário", diz a avó. Eu não entendo, não sou bom em facção, essa matemática é difícil.

A mãe é uma espécie de primeira dama da facção oeste, aí eu não preciso pedir autorização pra jogar bola na rua nem para ir na cachoeira. As facção são cheia de regra, no morro e na matemática. Pra avó, a mãe nasceu errada pra homem, nem o estudo adiantou. Meu pai eu não conheci, nunca me procurou, minha avó disse não prestar também, eu acredito. A avó conta meio magoada, tristeza mesmo, que a mãe era boa nos estudos e gostava de matemática. Teve um tempo de querer desenhar e construir casa, foi antes da irmã nascer, conta a avó. Hoje ela fica na máquina de costura com o rádio ligado no pastor e nas rezas. E a avó fica nervosa de ver a mãe curvada naquela máquina e agora mais nervosa com essa mania de querer matar doença do pulmão com remédio pras bichas da barriga. Diz a avó que o verme tá é nas ideias e isso não tem remédio que resolva, nem as ervas dela.

Só sei do barral estar demais naquele dia, por isso, mesmo dava de ver bem por onde a ambulância tinha ido. Precisava conhecer o motorista, esse era dos bons. Dizem ser os motoristas de ambulância os melhores de todos. Não virou, não bateu em nada, não atolou. Se bem que eu não sei se atolou, não tava lá.

Resolvi deixar a mochila na casa do Bruno para não sujar caso eu escorregasse. Da última vez que a servidão ficou daquele jeito eu levei uns dois tombos e a roupa sujou pra sempre. O Bruno mora na segunda casa no pé da servidão. É a casa mais bonita. A casa e a irmã do Bruno. Tem muro alto pintado, varanda, tem até piscina e cada um tem seu quarto. O quarto da irmã do Bruno fica no canto, quase virado pro mato. Mas ela é ruim, ela sabe da gente ficar olhando e sempre fecha as janelas, nem responde nosso "Oi" baixinho. A mãe do Bruno é da igreja também e encomenda trabalho de costura para minha mãe. O Bruno não tinha chegado, quem abriu a porta foi a irmã, a mãe dele tinha subido a servidão, tava lá em casa. A irmã do Bruno tava toda arrumada de camisa de firma e saia e sapato chique daqueles que parecem desconfortáveis. Ela falava e eu nem ouvia direito, só olhando para ela, tive que pedir para ela repetir, aí me chamou de banzé e falou bem devagar:

— Não te-nho i-dei-a pra quem é a am-bu-lân-ci-a, mas não vai ser na-da, cor-re lá que faz pou-co que che-gou, seu ban-zé.

— Patinou? — eu perguntei.

— Patinou o quê?

— A ambulância, quando subiu, patinou?

— Não vi, menino, vai de uma vez pra casa e diz pra minha mãe voltar logo porque tá na minha hora.

— Posso deixar minha mochila aqui?

– Pode, banzé, vai logo.

Arregacei mais as calças e subi. Quando tem tromba-d'água a rua parece um doce de leite, mas é escorregadio como sabão. Eu segui as marcas da ambulância, senão o pé afundava ainda mais nos cantos por onde passou a água.

Dava já de avistar a casa quando meu coração acalmou. Vi a avó no portão. Se a avó estiver bem, tudo há de estar, e se não estiver, ficará. Ela tinha nas mãos uns ramos de arnica ainda com as flores amarelas. Eu não entendi nada, só deu tempo de ver a avó esmurrando dois homens com as plantas. Um era o namorado da mãe, o chefe da facção, o outro, o pastor. O chefe baixou a cabeça e fugiu com um monte de flor grudada nos cabelos. O pastor saiu atrás, mas ele contra-atacava a avó com água benta. Parecia uma guerra de santo. A avó com as ervas e o pastor com a água. Não conseguia saber o porquê da ambulância. Afinal, a avó tava bem. Vi a mãe do Bruno dentro da minha casa correndo de um lado pra outro com uma sacola e não vi nem a mãe, nem a irmã. Quando a avó me viu ali parado com as calças arregaçadas e barro respingado por tudo, porque quando a gente caminha no barro meio molhado, por mais que se cuide, cada passada respinga, respirou fundo, parecia aliviada.

— Tá com barro até nos cabelos, menino, vai pro banho. Deixa essa roupa no tanque.

— Cadê mãe?

— Tá ali toda amarela tomando soro.

Dei a volta na ambulância. Vi o motorista, era uma senhora bonita de cabelo branco.

Ela me olhou e sorriu. Eu sorri de volta.

— Patinou?

— Que é, menino?

— A ambulância patinou?

— Não, essa aqui tem tração. Subiu retinho.

— Tem facção?

— Tração, essa tem tração. Aí dá conta.

— Posso ver a mãe?

— Rapidinho, já estamos saindo.

Tinha enfermeiro e paramédico em volta da mãe. Tavam com a cara fechada, falando que não aguentavam mais atender esse tipo de caso. Um deles falou sem olhar para mim que a mãe ia ficar boa, apesar de ter tomado um remédio em pó pra bicho, era só tempo do fígado se recuperar. Eu fiquei meio assustado.

A avó foi me buscar para tomar banho, senti aquela mão pesada que lida na terra e amassa pão fazendo carinho no meu cabelo embarrado, coração aquietou. A mãe do Bruno tava saindo com uma sacola de roupa e entrou quieta e chispada na ambulância. A mãe ia ficar no hospital e ela ia de acompanhante. Foi o que eu entendi. Entrou e a ambulância partiu com as luzes e sirene e eu e todo mundo olhando, e só depois me dei conta de ter esquecido de dar o recado da irmã do Bruno.

Entrei em casa só de cueca, deixei a calça e camiseta no tanque como a avó pediu, e conhecendo, já deixei de molho no balde. Eu que não ia criar mais irritação pra avó. Depois do banho eu fui pra sala e ela tava lá atirada no sofá, a manta da mãe dobradinha no cantinho e as arnica em cima.

– Por que as arnicas, vó?

– Pra espantar esses encostos. Tava ruim tinha dias, acredita? Eu bem vi, mas não disse nada, a maldita. Foi só a privada entupir pra eu ver o xixi Coca-Cola e o cocô cinza de massa de vidraceiro.

– Foi a tromba-d'água?

– O quê?

– A privada.

– Aí, invés de chamar o médico, me chama quem? O enrosco que me aparece aqui junto do pastor. Tua irmã no trabalho, tu na escola, era só eu e os dois inúteis balbuciando reza e fazendo lama com água benta.

– A mãe vai ficar boa?

– Vai, menino, preocupa não. Mas já era tempo de criar juízo. Que desgraça ter filha crente na burrice. Foi a ambulância chegar praqueles dois começarem a criar confusão. Só saíram daqui quando apareci com a arnica. Dois frouxos. Dizem que é coisa do demo. E eu encarnei mesmo o belzebu da imaginação deles, você tinha que ter visto. Botei os dois pra correr. Ninguém sustenta essa fé de dízimo. Ai, minhas dor.

– Vó, a senhora tá bem?

– É o coração. Pega lá uma água pra mim.

– Benta?

– Não! Claro que não. Essa aí tá contaminada.

Yawaŋawa e o jardim das cobras

Quando cheguei no jardim das cobras eu quis voltar. Soube ter um povo que conta ao contrário a história. No conto ao contrário, o jardim, o tal paraíso, é um lugar bom e os homens brancos foram expulsos de lá porque pecaram e para lá tentam retornar porque fora do paraíso iriam parir com dor e suar o trabalho e isso seria mau ou penoso. No conto ao contrário também há uma cobra, a única coisa má do paraíso, e por ser má ela tentou o homem por meio do pecado de uma mulher boa que cedeu a seu desejo e comeu um fruto proibido. Havia outra mulher no conto ao contrário, mas não era boa. Ela vinha da mesma matéria do homem e padecia de quereres, era por igual demais. Foi banida. A boa veio depois, da costela, mas mesmo boa e subordinada ao homem provou a fruta oferecida pela cobra e o convenceu de provar também. Tanto no conto ao contrário quanto no meu há a cobiça por algo do domínio da cobra.

Eu nasci na terra para a qual este homem branco foi degredado e na minha história o paraíso não é um lugar para se querer ficar, nem é ruim a terra em que nasci. Eu visitei o paraíso pela água, seguindo uma mulher que me quis e pela água saí de lá com ajuda de um peixe. Eu segui uma mulher cobra e menti. Meu pecado não foi segui-la, mas abandonar meu mundo ao mentir. Eu abandonei quem ajudei a parir e o que construí. Na minha história a mulher do paraíso era outro ser. O paraíso é o mundo da cobra. Era a cobra que fazia o elo entre os mundos, tanto na minha história quanto na história ao contrário.

No paraíso do meu conto também havia duas mulheres, mas nenhuma foi banida, eram irmãs e iguais e ambas foram minhas esposas e delas nasceram filhos meus e eles lá ficaram quando voltei para minha terra.

As cobras do meu paraíso não tinham uma fruta especial, elas bebiam um chá e eu queria o que dele surgia. No meu paraíso, elas diziam para eu não beber, para eu não saber. Eu insisti. Eu bebi. E eu vi. Acreditem em mim, o mundo fora do paraíso é melhor porque temos a carne e ela tem o tempo. No jardim das cobras não existe tempo, tudo é uma unidade integrada, uma coisa só. Eu sentia falta de usar minhas mãos, sentia falta do que construí, de pisar a terra, das marcas da pele. Sentia falta da dor e do prazer. Tudo era pronto no paraíso e perfeito. O perfeito é um circuito já feito, morto, portanto.

No conto ao contrário faltava vontade ao homem, foi a mulher que disse sim. A mim não faltava. Onde excedia vontade também me sobrava cobiça. Eu quis. E não ouvi. No conto ao contrário a vontade nasceu pela mulher e foi o pecado que tornou o homem branco alguém. Ele nunca entendeu isso e segue perdido buscando o seu reino da cobra. No mundo das cobras, eu não era nem quem fui, nem jamais seria um deles. Só no meu mundo, fora do paraíso, com meu corpo, eu posso experimentar a vida e ela se experimentar em mim. O pecado tornou o homem branco parte. No meu conto já nascemos partidos. Por isso, o paraíso não é um lugar pra ficar, lá é tudo inteiro e nessa falta de espaço não dá pra ser, resta um grande nada. Aqui, na minha terra, é melhor, acreditem em mim.

A filha de Guynusa

Fazia frio em Lyon e a criança brincava observada ao longe pelo homem de pele escura. Vestiam-se com requinte, ela como nobre, ele, serviçal. E isso lhes empalidecia a pele, tornando suas diferenças com os demais praticamente invisíveis. Era uma manhã do ano de 1834, e o mundo ainda se surpreendia com as novidades vindas do sul. Nenhum transeunte apressado imaginaria tratar-se de dois dos últimos descendentes dos nativos charruas que viveram nas pradarias entre a América Espanhola e a Portuguesa. Tudo que não fosse um igual para os vitorianos seria o exótico, o tempero, a especiaria a ser consumida e vendida com o poder de melhorar os maus cheiros e os sabores fermentados de um povo auto declarado *avant-garde*.

Aos seis meses de idade, a criança fora adotada por François De Curel, um francês que acumulava os ofícios de militar e artista. Tacuabé, guerreiro deslocado para a função de mordomo, sem o direito de chamar a menina de filha, passou a morar com eles. O pacto possível para cumprir o ofício sagrado de um pai. A verdade deste arranjo foi escrita quando Tacuabé é recapturado depois de fugir com a menina. Os detalhes estão enterrados na memória e no corpo de De Curel e Tacuabé, do roteiro conhecido apenas de uma menina empalidecendo-se e se tornando alguém nos termos daquela terra e um nativo servindo aos caprichos e prazeres do senhorio. Muitas são as formas de um guerreiro morrer, nenhuma é mais dolorosa que a de um acordo. Mas a menina, ao viver, se tornaria algo sem precedente, tanto no novo quanto no seu antigo mundo.

De Curel consumia Tacuabé. Mesmo em terras tão áridas, o velho nativo conseguia criar misturas capazes de aplacar qualquer mal do corpo, só não conseguia fugir dos gostos inconfessos de De Curel e da sordidez de uma sociedade incapaz de ver dessemelhanças sem expô-las em espetáculos ou criar algum novo tipo penal. Com Tacuabé, De Curel poderia manter sua normalidade aparente e bondade inventada e, com a adoção da menina, ser alçado à categoria de filantropo.

A bondade e a caridade sempre foram bons negócios para manter o mundo como está. Quem as promove vende esperança, não mudança. A *Liberté guidant le peuple*, de Delacroix, nunca saiu da parede ou incorporou as gentes cuja cor não correspondesse às cores da paleta vigente. Alguns só existem quando criminosos ou ao oferecer algo para garantir o gozo de raros privilégios travestidos de virtude e mérito. Mesmo os maus-tratos aos nativos fazerem parte do protocolo de queixas dos novos republicanos, nada se alterava de fato, apenas criavam-se mais outras filantropias.

Quando a menina nasceu, De Curel queria livrar-se dela. Mas o gosto por filhotes, mesmo o de um *savage*, fez as damas olharem com maior atenção às ações de De Curel, não podendo ele mais, simplesmente, sumir com ela ou lucrar facilmente em cansativas exposições.

Era início da noite quando Guynusa, uma charrua de cerca de 28 anos, capturada para ser exposta em espetáculos em Paris, começou a sentir a chegada da filha e passou a andar em círculos e acocar e a procurar cantos no pequeno quarto destinado a ela. A governanta, apavorada com os sons e movimentos de Guynusa, chamou os homens. Pensaram todos estar a nativa possuída. Quando a bolsa estourou com seu jato quente de água descendo pelo corpo, o pavor tomou conta dos crentes. O corpo esguio, mas alto e firme, não aparentava uma gravidez como as conhecidas por eles. O médico começou a tratar Guynusa como costumeiramente o fazia com as mulheres brancas. Haveria ela de parir deitada, com os pulsos amarrados e em uma terra cujo espírito não era igual ao seu.

Quieta, acuada, de olhos cerrados entoava em pensamento uma antiga música. Foi tomada por uma saudade dolorosa, queria dormir para sempre. Faltava-lhe o entorno para parir. Se estivesse em casa, teria a roda de mulheres e os gritos das crianças na rua e as mãos das anciãs lhe cobrindo o corpo com óleo de palma e o perfume das marcelas vindo das ervas queimadas nas pedras incandescentes amontoadas num buraco no meio da oca. Sentia falta da nuvem de calor úmido quando a mais velha das mulheres jogava água nas pedras vermelhas de fogo. A oca e as pedras quentes seriam guardadas por homens que permitiriam às crianças apenas espiar. De onde Guynusa veio acreditava ser preciso deixar o ambiente de chegada o mais próximo possível do da partida. Umidade e calor garantiriam a vida, música e cheiros, o desejo de ficar.

A mais velha das mulheres cantaria sozinha, sentada ao leste da oca, como uma guia para o mundo da terra. Tudo seria cheiro e som. Guynusa conseguia imaginar com tanta força que era capaz de sentir os óleos lhe correndo pelo corpo. Graças à dor das contrações, ficava naquele estado meditativo e saudoso e sentia as mãos quentes e pequenas da velha parteira lhe acariciando a barriga e os cabelos. Em casa, seus pés seriam banhados em água morna e as mulheres de sua linhagem lavariam e prenderiam seus cabelos com as mesmas ervas que queimavam nas pedras. E lhe dariam um chá picante para ajudar a descer a criança.

Quando abria os olhos à claridade, as vozes, os barulhos, as pessoas com roupa demais lhe atordoavam os sentidos, ao ponto de nausear. Era difícil respirar, também porque não queria compartilhar o mesmo ar pesado daquele quarto embolorado com odores e texturas de algo meio morto preso aos tecidos e às paredes.

Se estivesse em casa, uma parteira com olhos escuros e profundos estaria ao seu lado. As parteiras vivem a morte quando ajudam uma criança a nascer. Todo nascimento é uma partida, um fim e um começo, e o corpo de uma mulher, a ponte. Ali, no mundo civilizado, não tinha a parteira. No seu lugar, um homem tutelava um ato que não lhe pertencia. Guynusa estava cansada, já havia cruzado pontes demais, morrido demais. Aos cinco anos, partiu de sua terra num êxodo para não ser escravizada, no caminho perdeu a mãe. Quando chegou ao destino, encontrou a mentira dos brancos. De onde vinha, a palavra mentira não existia. Aprendeu que seu significado guardava cor de sangue e gosto ferroso. Bernabé Rivera e Du Curel mataram todos e o filho que tinha parido na velha oca lhe fora arrancado ainda no peito. Ficou apenas o leite escorrendo pela barriga até molhar os tecidos atados à cintura. O corpo sem filho foi acorrentado e enviado ao inferno de homens civilizados com declarações vazias de direitos. O lugar em que virou atração em uma jaula.

Agora, deitada de costas, numa cama sobre um lençol sebento pelo uso de outros corpos, queria ir embora. Não tinha acesso ao seu corpo, não podia mover-se. As pernas abertas eram seguradas por duas mulheres vestidas de morte, um branco de ossos, e à sua frente o homem dando ordens que mal entendia. Não queria que a filha nascesse naquele mundo. Não fazia força e tentava evitar que a força da filha lhe fizesse cruzar o corpo. Cantava a música dos mortos como avisando a menina para desistir. O homem aproximou-se e ela sentiu a carne rasgando e o sangue escorrendo até o ânus misturando-se com as fezes que lhe subiam pelas costas. Um pavor lhe invadia. Sentia medo, não de morrer, mas de viver. Sentia-se culpada por trazer uma criança para uma terra que não tinha cheiro próprio e fedia. Mas a menina parecia querer nascer. Guynusa começou a chorar. Chorou o êxodo, chorou a partida, chorou o massacre em Salsipuedes, chorou a prisão e o fim da sua liberdade. Chorou parir alguém naquele lugar sem sentido. Temeu pelo destino da filha, que agora chorava com a força insana da vida em seus pulmões. A filha respirou aquele ar e ele lhe percorreu todo o corpo e fez-se parte dela e ela, dele. Não respirou as ervas, nem a floresta, nem as anciãs, nem os gritos das crianças, nem as águas cristalinas. Para a menina, sua segunda morada era um lugar com mofo e umidade gordurosa. O novo mundo da filha era velho e gasto.

Guynusa suportou existir até ter certeza de que a filha teria condições de viver sua escolha. Depois do sexto mês, caiu acamada em doença desconhecida para o povo daquela terra velha. De Curel trouxe Tacuabé do zoológico para fazer alguma mistura capaz de salvar Guynusa. Ela e a criança eram os novos bibelôs das senhoras boas após a novena da tarde. No pequeno quarto da pensão, amontoavam-se com brioches para Guynusa e tecidos bordados e desconfortáveis para a menina. Se alguma das duas morresse, a opinião pública olharia para De Curel. Quando a viu magra e desbotada e em seus olhos o claro pedido, Tacuabé a deixou descansar e partir. Na morte de Guynusa, com jornais e médicos em volta do corpo já frio, Tacuabé pegou a filha nos braços e fugiu.

Foram dias andando no subterrâneo da cidade, numa tentativa inglória de encontrar nas docas embarcação que os levasse de volta para a casa. Precavido em relação às habilidades de Tacuabé, De Curel havia pagado aos melhores caçadores de gente e avisado os guardas do porto. Não foi difícil achá-los. O que De Curel não contava era com a capacidade de Tacuabé compreender como funcionava aquela terra. O belo nativo conduziu sua captura para o único lugar de redenção possível: a casa santa do Cristo. Ali, na igreja, com a menina nos braços, sujos, maltrapilhos e fedendo, cercados por uma turba que lembrava os antigos capitães do mato, a elite boa da cidade se comoveu. Renderam-se ao exótico protetor de sua filha. Tacuabé invadiu a celebração santa e entregou a menina ao padre no altar, *ne laisse pas mourir ma fille, je me donne pour qu'elle vive*. O espanto foi geral. O selvagem falava a língua dos civilizados, falou deitando-se ao chão como fazem os padres na época santa da Páscoa. O canto gregoriano e o órgão silenciaram. Ouvia-se apenas o choro desesperado de uma criança sem mãe. Diante da cena comovente, De Curel, armado, é encurralado. O padre e as beatas aquecem a menina e uma velha senhora obriga o marido a colocar a própria caxemira sobre o corpo do animal exótico capaz de falar francês. A opinião pública chancelou a bênção do cardeal, que, pessoalmente, dias depois, conduziu o batismo. A igreja encontrou no nativo charrua o atrativo necessário para reassumir um lugar de protagonista na cena política do momento. A menina de olhos de azeviche, salva pela adoção de um homem civilizado, tornou-se o símbolo da *fraternité* e *igualité*.

Foi neste evento que o novo roteiro foi escrito. A fim de evitar a morte da menina e o suicídio de Tacuabé, De Curel assumiu o papel de bom moço de causas humanitárias.

Quando a menina fez doze anos, Tacuabé, depois de lhe ensinar em segredo a língua da mãe, partiu. Para os charrua, essa era a idade de tornar-se adulto. Tacuabé queria que seu corpo morresse na terra em que nasceu, só assim poderia cuidar da filha para sempre, em espírito. Tinha medo de ficar aprisionado naquele mundo e retornar à vida como um branco. Tacaubé vinha de um povo livre e, tal como fez Guynusa, definir a hora de sua morte fazia parte desta liberdade. A filha de Guynusa, nascera naquela terra e coube a Tacuabé lhe reservar as condições para escolher quem ser. Seu trabalho havia terminado.

    A filha, brincando na neve, foi a última imagem e a que guardou até morrer nas pradarias do sul do Brasil, lutando pela liberdade ao lado de italianos, negros e nativos sobreviventes, em mais uma guerra que não desejou.

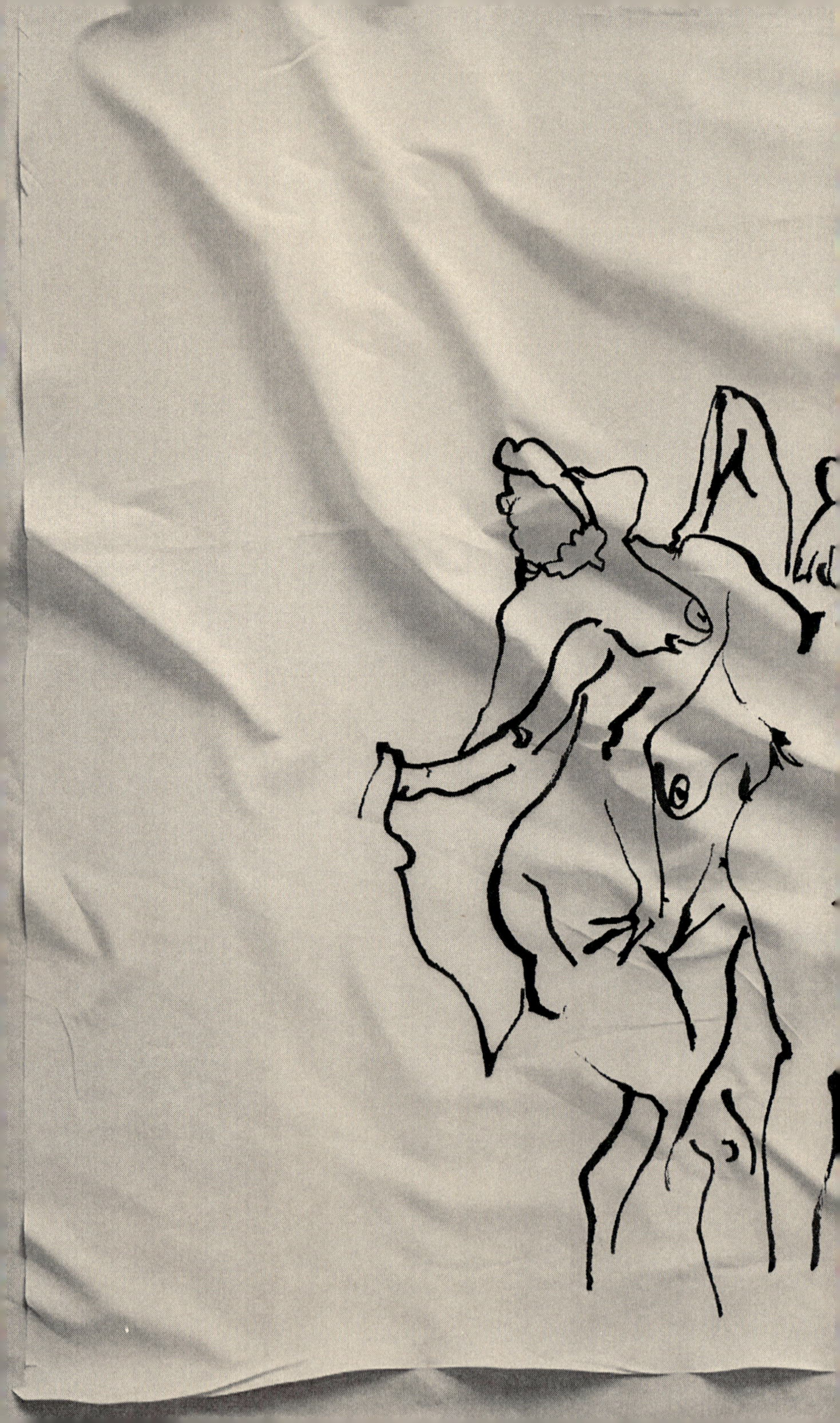

Parte dois
As interditadas
todo fim é um começo

Onete

É proibido, sob pena de 30.000 réis de multa: (...) Fazer bulhas, vozerias e dar autos gritos (...). Fazer batuques ou samba. (...) Tocar tambor, carimbó, ou qualquer outro instrumento que perturbe o sossego etc. (Lei nº 1.028, Código de Posturas de Belém).

A avó de minha avó pariu escravos e criminosos. Pelo dito das histórias, diria hoje ter vindo ela de Angola ou da Nigéria, mas não tem como saber. A avó de minha avó dizia ser a avó de sua avó uma princesa Fang. O avô de meu avô era tupinambá. Isso eu sei por causa do "korimbó" que chegou até mim, junto com outras artes e com a cor da minha pele. A avó de minha avó sabia de ervas e de tocar e cantar, lá para os lados da Baía do Marajó. Naquele canto de mundo, dominado pelo Paracuari e o mar, os netos da avó de minha avó encontraram a liberdade com o flagelo de serem considerados fugidos ou criminosos. Fizeram caminho de café, iam soltando as bagas para se um dia quisessem voltar. Todo mundo quer voltar um dia para algum lugar que foi perdido.

Minha avó dizia que sua avó foi discriminada por se juntar com índio e parir caboclo escravo. Não bastasse ser arrancada de sua terra, fugir de branco, foi ainda condenada pelos negros por ter deitado com índio. Ser mulher sempre desagrada alguém.

A avó de minha avó pariu tanto filho que nasceu uma nação. Cada um fundou um povoado e batizou como quis. Salvá, Mangueiras, Caldeirão, Bairro Alto, Pau Furado e Bacabal são os nomes dos filhos homens. Santa Luzia, Providência, Sirica, Paixão e Rosário, das filhas. Deus Ajude, São Benedito da Ponta, Boa Vista, Paixão e União foram lugares de guerra e disputa e hoje conhecidos pelas festas. São as festas que salvaram o povo. A alegria é remédio. Já os filhos levados precocemente habitam ainda hoje a terra das encostas do rio, seus nomes foram enterrados com ela, a avó.

Ninguém lembra quem primeiro chegou porque nada é mais o mesmo. A nação dos filhos da avó de minha avó era grandiosa como deve ser a terra de uma nobre de verdade, que dispensa título. Quando era terra de negro fugido, todos viviam em paz, até chegar estrada e cerca e a arma de fogo. Na guerra entre fogo e espada, os herdeiros da avó de minha avó foram ficando com o território reduzido, cada vez mais longe da água e perdendo o nome próprio. Foram batizados, renomeados, classificados.

    Teve um tempo em que todo o ano reinava o silêncio nas dores, como um feriado pra alma. A festa salvava o povo, a alegria é remédio. Não existia cor na festa, nem arma, nem medo. A avó de minha avó coordenava as entidades de todos os mundos e as festas. Fosse quem fosse e de onde fosse, diante da música e dos movimentos, todo mundo era gente. Ninguém desaparecia ou esquecia o nome, mas na festa quem se era por linhagem ou moeda não importava, como se usasse uma máscara dispensando esses apetrechos do mundo construído com pólvora; ali era outra coisa que fazia ter valor e isso era a dança. Nesse sem saber, as pessoas podiam dançar juntas, rir junto e deitar juntas, só por gosto, só por prazer. Muita criança santa nasceu das festas da avó de minha avó porque nas festas tudo que não estava domesticado era acolhido e festejado.

    Os nomes e as músicas da minha linhagem foram apagados ou proibidos. Meu nome é fruto de um interdito. Nunca soube o nome da avó de minha avó.

A mim foi dado nome de pessoa de bem, Onete, para compensar o fato de eu ser neta de um transgressor. A liberdade tem disso, ela é criminosa.

Sara

Abraão ajoelhou-se, encostou seu rosto no chão e começou a sorrir, ao pensar assim: "Por acaso um homem de cem anos pode ser pai? E será que Sara, com seus noventa anos, poderá conceber e dar à luz um filho?" (Gênesis 17:17)

Nunca quis ter filho, muito menos velha, na juventude já não queria, não ia ser agora. Queria mesmo ver outras terras. Não gosto de firmar pé num lugar só. Minha cor é de bronze e meus cabelos, da cor da noite. Gosto do movimento, só finca o pé quem tá morto. Na terra de onde vieram os pais dos meus pais tinha água em abundância, mas pararam de andar, colocaram estaca, cerca, com o tempo mais cercas e mais secas. Não desejei o mesmo destino, mas talvez, de tanto fugir dele, acabei num igual.

Abraão me prometeu terras novas. Na hora pensei tratar-se de andar pelo mundo, mas não. Ele falava de uma eleição, de ser o escolhido, de uma linhagem do início dos tempos. Para mim, início dos tempos é a época da chuva que antecede o germinar. Sagrado é comer fruto maduro e leite no peito, de mulher ou de bicho. Quando Abraão falava sagrado, eu pensava em júbilo, calor no corpo, fosse sol ou prazer. Ele não, seu sagrado não tem corpo.

Abraão e eu usávamos as mesmas palavras, mas cada um as vestia de um jeito. Descobri isso tarde demais. Esse foi o verdadeiro mal de Babel. As palavras precisam de corpo a corpo, olho no olho para surgirem em sentido. Abraão falava de guerra e eu, de verão, ele, de ser escolhido, eu, de poder escolher.

Nunca exultei deus algum. Eu sofria era de exaltação, reclamava da secura da terra, não da minha. Não me importava de não parir, queria o vento nos cabelos. Achava uma bênção me deitar quando quisesse e não ter filho no ventre, mas fiquei atada a um homem santo e essa é a pior das prisões. Todo santo é um egoísta.

Da praga de ser mulher o mandei deitar com a serva Agar para ver se livrava ao menos o meu corpo de servi-lo e ver se nascia o tal filho desejado. A juventude de Agar e seu querer de livrar-se da condição de serva fez nascer um filho de Abraão. Oh! Glória! Pensei estar livre, só depois entendi o peso de ser a primeira mulher. Tinha algo de nobre nisso, de eterno nesse tempo de regras criadas por homens santos.

 Abraão disse que Deus nos daria um filho e dele teríamos uma linhagem e ela seria uma nação por ele abençoada. Qual homem não quer ser eterno? Disse visitar minha terra e arrumei um filho. E disse ter saído do meu ventre e a gestação rápida por milagre de Deus. Ele acreditou. Homens de fé acreditam no que lhes convém. Forjei minha morte. Dizem que pari com mais de noventa anos. Eu tinha uns quarenta e me declarei morta com uns quarenta e cinco. Disseram para Abraão que os anjos velaram meu corpo; na verdade, eu fugi. Voltei para a terra dos pais dos meus pais em busca de uma fartura que só existe em lugares entre uma água doce e o mar.

Miriã

E Miriã lhes respondia, cantando: Cantem ao Senhor, pois triunfou gloriosamente. Lançou ao mar o cavalo e seu cavaleiro.
(Êxodo 15:21)

Sem Miriã, Moisés não seria Moisés. Aprendeu tudo com sua irmã, dos mitos às palavras, do Bereshit aos modos. Além dos dialetos conhecidos, Miriã falava a língua das mulheres mortas, as antigas sacerdotisas da Cabala e do Vale da Lua também chamado de Monte Sinai. Foi tudo proibido com o fortalecimento da trindade sagrada.

Os tais dez mandamentos começaram com Miriã. Ela organizou em dez leis uma síntese das tradições capaz de abranger a todos sem o flagelo das divisões por tribos ou castas. Mas isso se perdeu quando Moisés reescreveu tudo no Monte Sinai, do jeito dele, claro.

O resultado é o que ficou conhecido. Ele inventou, mas disse que foi revelação divina e nada escreveu. Miriã não inventou e disse que escreveu. Como obedecer é mais fácil que pensar, Moisés convenceu mais gente dessa divindade revelada sem esforço. Na lógica de Moisés, bastava ele ser quem era e dele descenderiam os escolhidos. Na de Miriã, todos poderiam ser o que quisessem, importando só os feitos e desfeitos. Miriã era perigosa.

Das leis santas de Moisés criaram este mundo de certo e errado, decorado, repetido e pronto. Das leis pagãs de Miriã tinham o esforço, o incompleto e o movimento e a angústia de que tudo valia no valendo e nada tava certo ou errado nos começos, só nos processos. Na santidade de Moisés, o bem poderia vir em demasia e mesmo fazendo mal seria defendido porque vivia na linhagem e não na ação. O bem e o mal de Miriã estavam no verbo que faz e desfaz as coisas no mundo. Quem conhecia o Vale da Lua sabia que noite e dia se encontram nas extremidades, sendo apenas versões de luz e sombra.

Com suas pedras, Moisés criou um Deus legislador e policial, escravizando o povo na divindade. Em grilhões invisíveis e eletivos nasceu um deus grande e sancionador. O Deus de Moisés precisava de escolhidos. O deus de Miriã, apenas de pessoas que escolhessem.

As pessoas ainda morrem em nome do Deus de Moisés.

Raabe

Pela fé a prostituta Raabe, por ter acolhido os espiões, não foi morta com os que haviam sido desobedientes. (Hebreus 11:31)

Eu acolhi, sim, hebreus considerados espiões quando entraram aquele dia em Jericó. Mas não foi nenhum ato de fé ou credo no Deus deles como dizem por aí. Eu obedeço só a mim. E nunca gostei de gente perseguindo outra por conta das crenças, seja qual for. Minha porta tava sempre aberta para quem tava fugindo. Não me interessava a razão.

Prostituta sim, mas não por gosto, era isso ou viver de esposa. A fé nunca fez mulheres livres. E são as de fé as primeiras a condenar outras mulheres. Ser mulher é sempre desagradar alguém. Foi na cama que encontrei muito homem santo pecador, ali, comigo, não tinha mentira. Mas era só raiar o dia que eram os primeiros a cuspir na minha cara. Muita luz revela as sombras e as sujeiras dos cantos.

Eu já sabia que a cidade ia ser invadida, um dos sacerdotes comentou da tensão numa noite. Essa guerra de fé é antiga. Com os dois hebreus tive certeza do plano e das datas e de tudo que iria suceder. Como ficaram me devendo favor, resolvi ir com eles depois. Na verdade, acho que um se apaixonou, nunca tinha se deitado sem que fosse para dormir. Aí ficava dizendo ser eu obra do divino, força da sua fé. A única fé que alimentei durante a vida foi a fé em sobreviver.

Minha mãe morreu cedo, no parto de um dos meus irmãos. Eu fui vendida pelo meu pai para um senhorio de terra e lá deveria servi-lo como ele quisesse. Eu tinha idade da filha do meio dele, que também o servia. Mulher era que nem cabra naquelas terras. Uma vez um caixeiro passou pela nossa tenda. Deitei com ele por vontade. Fui junto, escondida, o jeito de conseguir ir para longe. Desde aí, pouco confio. Homem vai querer nossa carne ou nosso leite. De nós só sabem sugar. Morremos cedo e secas, pele retinta e fina. Tem mulheres que se jogam na fé, querem experimentar o gosto do mando sobre os outros. Meu gosto é poder mandar no meu andar, viver sem as obediências.

Por isso deixei os hebreus entrarem. O que deitou comigo era bem bonito, jovem ainda, tinha frescor e cheirava bem. Velho já tem cheiro de morte, mas pagam sem reclamar. Com alguns homens eu deito por gosto. Na minha cama eu conheço os segredos e indico os caminhos. Ali é o meu mando, minha terra.

O hebreu que me salvou casou depois com uma mulher tradicional da casa de Israel. Mas até hoje me visita. Os homens de fé têm gosto pelo pecado. Eu só tenho gosto por ser livre.

Rute

Rute, porém, respondeu: Não insistas comigo que te deixe e que mais te acompanhe. Aonde fores irei, onde ficares ficarei! O teu povo será o meu povo e o teu Deus será o meu Deus! (Rute 1:16)

Eu tinha fome. E quem tem fome tem medo. E quem tem medo suporta o impensável. O medo desumaniza, assim como a ira. Ficamos condenados à força demandante de um corpo empenhado em sobreviver. Perdemos todo e qualquer sonho. Mas somos ungidos de um poder sem moral, sem fé, sem vergonha. Faríamos qualquer coisa para aplacar o ser vivente dentro das vísceras, para domá-lo ou entorpecê-lo. Eu mataria, eu roubaria. Só quem sentiu fome e medo sabe. Só quem teve o corpo vergando da dor real de uma falta não inventada, não delirante, sabe o que é fome. Quem nunca sentiu fome julga. Quem nunca sentiu fome opina. A fome começa no corpo e mata aos poucos a alma. E assim é. E sem pudores, eu adorei deuses alheios e vivi sob a régia de outra mulher, minha sogra.

E aquela sogra era um monstro. Nunca fui uma pessoa de fé ou credos. Acredito mesmo é nas artimanhas das pessoas, na sua capacidade de domar a praga e a fome. Minha mãe era sábia. Me ensinou que Deus só habita as barrigas fartas, o resto é mentira, desespero, negócio. E aquele povo sabia se cuidar para manter seu Deus poderoso nas suas barrigas saciadas. Na iminência do que estava por vir, era minha melhor escolha. Era deus para tudo quanto era lado e os hebreus eram os mais bem organizados.

Todo mundo fala da minha dedicação à minha sogra e ao Deus hebreu. Uma vez nas graças de um hebreu e na proteção de uma matriarca, o risco era zero, tava salva. Tava todo mundo em guerra, eu precisava sobreviver. Quem me salvou foi aquela sogra. Bastou parir filho para ela me aceitar, mas nem por isso me tratou bem. Não imaginei o que seria. Que tormento aquela mulher. Me subordinei a todos os mandos da maternagem de uma delirante. Tinha regra de como parir, de como me vestir, de como e o que comer. O Deus hebreu é um gerente, um síndico, um adorador de regras. Viver com eles era estar presa a mandamentos reproduzidos mesmo com desprazer ou desgosto. Nenhuma mulher vivia bem naquela cultura, mas todas elas a defendiam e a reproduziam como soldados. Eu queria comer. Nem filho queria. Mas o meu filho teria comida e um povo vivo, então me subordinei. O Deus das barrigas fartas pode ser perverso e exigente, o meu é apenas um lúcido.

A jovem sulamita

Como era muito bonita, ela chamou a atenção do rico rei Salomão, que tentou conquistá-la. (Cântico de Salomão 7:6) *Embora outros a incentivassem a escolher Salomão, ela se recusou a fazer isso. Ela amava o humilde pastor e foi leal a ele.* (Cântico de Salomão 3:5; 7:10; 8:6)

Ser jovem, ser dócil, ser gentil e bela, recatada e do lar e mártir, porque sem martírio vale menos. Isso parece praga. Até hoje me conhecem como a jovem sulamita. Eu fiquei velha, tem vincos, carquilhas, pregas e manchas e cicatrizes pelo meu corpo, registrando uma história toda, minhas alegrias e saudades, mas serei sempre a linda jovem camponesa que disse não ao grande rei. Como se diante de um reino não fosse possível dizer não e nada melhor existir. Os quereres precisam tanto de razão, quando são a única força que a dispensa. Um desejo basta. Foram tantos cânticos sobre mim, tanta poesia de Salomão.

Salomão tinha rococó demais, protocolo demais, esposas demais e pau de menos. Ele colecionava mulheres e nasci sem talento para prataria. Essa coisa de ser filho de Davi, rei de Israel, descendente de santo, não tinha como não deixar o todo-poderoso tedioso, ele era chato na cama e eu, com gosto pela carne. Ele colecionava mulheres e eu não nasci com talento para prataria.

Já o meu pastor era pobre, sem nome, sem tradição, mas viril como um cavalo. Não era lealdade, mas concupiscência. Com ele eu virava rainha. Com Salomão, só parte do harém. Eu fiz o que quis e isso ninguém canta, muito menos ele nos seus escritos, haja floreio para justificar o meu não. Eu deitei com Salomão para perceber, o meu pastor já conhecia e muito bem o conhecia. E digo, louvado seja o homem que eleva uma mulher. Alguém deveria escrever sobre isso. Salomão me deu sono, meu pastor, insônia. Só escolhi o melhor para mim. Nos Cânticos me vestem como a pobre menina, rapariga humilde capaz de negar riqueza e poder por amor. Sabem nada. Amar é poder. Eu não escolhi o pastor, nem fui leal a ele, nem neguei ninguém. Escolhi foi a mim, a fim de evitar a taciturna de uma vida triste.

A mulher de Ló

Deus havia decidido destruir Sodoma e as cidades vizinhas por causa da grande imoralidade sexual que existia ali. Deus amava o justo Ló e sua família, que viviam na cidade de Sodoma; por isso, Ele mandou dois anjos para tirá-los da cidade e levá-los para um lugar seguro. (Gênesis 18:20; 19:1, 12, 13) Os anjos disseram para Ló e sua família fugirem e não olharem para trás. Se não seguissem essas instruções, eles morreriam. (Gênesis 19:17) Mas a mulher de Ló "olhou para trás, e ela se transformou em uma coluna de sal". (Gênesis 19:26)

É assim que contam, mas não foi assim, e não é "mulher de Ló", é Beatriz. Me chamo BE-A-TRIZ. E eu não virei sal, nem estátua, nem padeci no inferno, e nem Sodoma, nem Gomorra queimaram por ordem de Deus por causa da luxúria da carne e nem meu marido era grande coisa. A questão toda era o betume. Ali no Vale do Silim tem betume brotando por tudo, ou tinha, e onde a concentração era maior? Em Sodoma e Gomorra, bem na ponta do mar morto. O Quedorlaomer, rei de Elão, era amigo de infância do Ló e estava empenhado em dominar a região, ambos estavam, cada um do seu jeito. Queriam é pegar aquelas terras e ficar com o betume. A ideia de gênio veio do Ló. Ele vinha de família tradicional, era meio aparentado do Abraão, e todos diziam que seria um novo guia espiritual. Ló só queria saber de farra, mas na frente dos outros era um moralista. Ele cuidava das internas e o Quedorlaomer, articulava por fora. Ló começou a propagar a pobreza como virtude e a pôr a culpa por qualquer coisa nas mulheres. Começou aquele papo das coisas materiais serem más, incluindo o corpo e suas satisfações.

Em Sodoma as pessoas eram livres, nada de pátrio poder, ou escravidão ou aquelas restrições dos seguidores de Alá. Cada um era dono do que conseguia carregar e responsável pelos feitos, não pelos ditos. E as mulheres superavam os homens não em número, em riqueza. Quem carrega filho no ventre carrega facilmente riqueza e desgraça. Ló sabia disso e resolveu fazer das mulheres o carneiro imolado. O Quedorlaomer mandou envenenar animais e o Ló entrava com a pregação. Morria um bicho, aparecia Ló falando da culpa, do pecado e das mulheres pecadoras de Sodoma e Gomorra. Eu avisei que aquilo não iria acabar bem. Mas eles queriam os poços. A falação foi se espalhando e com o tempo a cidade ficou famosa por ser um lugar de pecado. O resultado disso foi o aumento de gente por lá, ou era missionário vindo salvar alma alheia ou pecador querendo acolhida. Fosse santo ou pecador, acreditavam ter por lá prostituição e pornografia fácil e de qualidade. Mas o que tinha mesmo era mulher fugida. A coisa tomou proporções tão grandes por causa das pregações que os maridos começaram a se autorizar a corrigir e bater nas mulheres e o Ló abençoava. Os humores estavam incendiando, era festa, era pregação e as mulheres que não queriam apanhar fugiam e algumas acabavam na prostituição como forma de garantir o pão. Todo o dito passou a existir em Sodoma e Gomorra. Mas o pecado, esse mesmo, acho que pouco apareceu. Tinha mesmo o efeito colateral do interesse de um par de espertos.

 Me organizei para ir embora. Avisei o Ló da minha partida porque precisava pegar minhas coisas, ex-coisas, porque nas novas leis dele era tudo dos homens agora e para piorar deu prêmio pela minha cabeça e me batizou de filha de Caim. Eu poderia ser apedrejada pelos meus pecados, blasfêmia, ingratidão ou pelo meu sexo. Oras, ingratidão, aturei aquele homem cheio de malquizira nos pés. Não ia conseguir sair viva, então me fiz de arrependida e pude organizar melhor minha fuga. Sou boba, não. Na noite que resolvi sair, o Quedorlamer colocou fogo nos barris de betume na cidade de Sodoma, explodiu tudo. Queria criar uma cena para conseguir, enfim, ficar com tudo. Nem Ló tava sabendo direito. Levou um susto do fogaréu que saiu do controle. Mas entrou no embalo. Disse ser obra divina, punição pelos pecados, mas bastava aos arrependidos fugir, que expiar a culpa era a reserva para a salvação, mas para isso precisariam abandonar tudo, deixar aquela terra. Ló não era fraco, não. Nenhum homem santo é bobo. Foi uma conflagração geral, gente gritando, chamando por Deus, criança fugindo, mulher correndo, turista bêbado achando lindo as luzes e explosões. A cidade estava queimando e o fogo chegaria aos poços do mar morto, salvo se alguém fosse lá proteger de alguma forma. O que fez o Quedorlamer? Uma parede humana. Entrincheirou todo mundo e matava sem piedade. Aquele monte de corpo seguraria o fogo. O Ló até tentou apaziguar as coisas, mas o reizinho do Quedorlamer não queria perder o betume e diante do estado de tudo eu vi o Ló abrir mão do seu último resquício de virtude, começou a apontar o lugar da chacina do Quedorlamer como se ali fosse o sítio seguro e abençoado pelos anjos, mas era emboscada. As pessoas caíam como figo maduro.

Eu avisei quem pude e me escondi numa das grutas de sal no Jebel. Depois disso, pensei em fugir para Jerusalém, mas lá também era palco de muita falação, decidi por ficar mais perto do mar, aqui em En-gedi.

A história contada é bem outra. Sei que o Ló se fez de vítima salvo por anjo e virou queridinho de profeta. E pegou gosto por culpar as mulheres. Eu fui banida da história como estátua de sal e como pena me tiraram o nome. Mas eu não preciso de ninguém me batizando, muito menos o Ló e aqueles santos. Meu nome quem dá sou eu. O Quedorlamer dominou o Vale do Silim por muito tempo, até acabar com o betume e achar outro lugar para explorar, mas também não sei ao certo porque aqui em En-gedi eu quero é ficar bem à margem dessa papagaiada de homem de bem, sou mais os pecadores. Pecados sabidos foram só os inventados mesmo, porque os verdadeiros ninguém contou ou confessa. Eu só sou uma filha de Caim, "âmen".

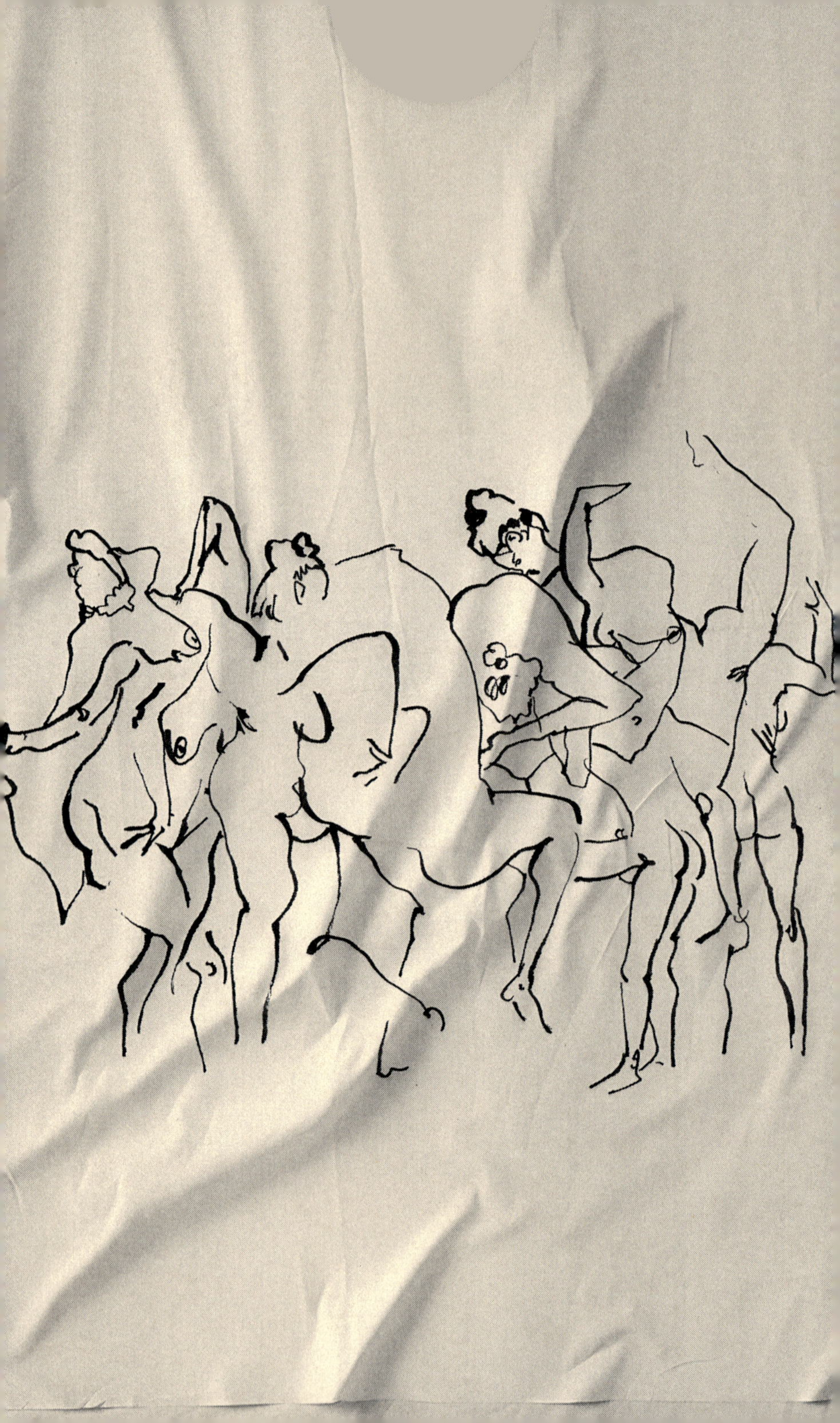